見かえり峠の落日

笹沢左保

書店

目次

見かえり峠の落日

1

その男は、例幣使《れいへいし》街道を西へ向かって急いでいた。昨日も一日、脇目もふらずに歩き続けた。今朝は、境の旅籠《はたご》を七ツ半に出た。明け六ツと言われるのが六時だから、午前五時の七ツ半というのは、かなりの早立ちである。街道筋は、まだ暗かった。

男は、引回しの道中合羽《どうちゅうがっぱ》を着たが、笠はかぶらなかった。十月も半ばになると、上州路の秋は深まって来る。夜も同じ早立ちであれば、道中合羽も着たくなる。しかし、笠はむしろ日が射さないうちは、必要のない旅道具だった。

男は一目で、渡世人とわかった。二十八、九だろうか。日焼けが肌にしみついてしまったように、浅黒い顔色だった。目つきだけは精悍そうに鋭いが、表情はないも同然だった。顎のあたりに無精髭が目立ち、のびた月代《さかやき》が太い眉毛のすぐ上まで垂れている。

引回しと呼ばれている袖のない丸合羽も、大分古ぼけたという感じだった。その木綿地の茶色の太い棒縞が、すっかり色褪せていた。手甲脚絆《てっこうきゃはん》にしても、雨に濡れ埃にまみれて、乾いた雑巾みたいになっている。目を伏せるようにして、一定のリズムに乗っての足運びは、かなり旅馴れていることを証明していた。

振り分け荷物も肩にかけていなかったし、手に持っているのは道中笠だけである。なぜそう先を急ぐのか、その外見からはまったく察しがつかなかった。鞘《さや》の塗りがあちこちはげ落ちている長脇差《ながどす》を、急角度に差し込んで丸合羽の中に包み込むようにしていた。

中仙道は西より碓氷《うすい》峠を下って、上州へはいる。坂本、松井田、安中《あんなか》、板鼻、高崎、倉賀野、新町を経て武州へ抜け、江戸へ達するのであった。その途中の倉賀野から東の玉村へそれて、五料、境、太田、足利、そして日光へと通じているのが例幣使街道であった。毎年の日光の例大祭に、朝廷からの勅使がこの道を通るのでそう呼ばれていた。

その男はいま、例幣使街道を逆に、東から西へと急いでいるのであった。一時間に一里は軽く歩いて、明け六ツすぎ、つまり六時を少し回った頃には玉村へさしかかっていた。そろそろ土地の人間たちが起き出して来る時間ではあったが、今朝はまた玉村周辺の街道には人の姿が多すぎた。

人々は道端に並ぶようにして、好奇と同情の目を交わしながら、ヒソヒソと囁《ささや》き合っている。夜が明けかかって、あたりは水色に染まっていた。杉の並木が目を覚ましたようにそよぎ始め、スズメが無心に囀《さえず》っている。沿道の人の数は、ますます多くなった。朝の仕度にも手がつかないといった女や、眠たそうな子どもまで道へ出ていた。

玉村から新町へ向かう道を、一団の行列が物々しい感じで移動していた。唐丸籠《とうまるかご》が七つと、それを警備する数十人の役人たちであった。中には、鉄砲を持った捕吏もいた。余程の重罪人を、護送して行くらしい。道端にいた老婆をはじめ数人が、唐丸籠に向かって合掌した。

重罪人とは、国定《くにさだ》忠治とその一行であった。忠治と子分が三人、それに彼を匿った名主の宇右衛門、妾のお徳とお町である。国定忠治は、真中の唐丸籠の中にいた。その後ろに、お徳、お町と続いている。お徳とお町が、唐丸籠の垂れの間から、天保銭を撒いていた。施しと罪滅ぼしの意味で、護送中の罪人が小銭を沿道の人々に撒くというのはその頃の習慣であった。

嘉永三年八月二十四日、中風で倒れた国定忠治が現在の群馬県佐波《さわ》郡にある田部井村の名主宇右衛門の家で、子分や妾ともども逮捕されたということは、すでに関東一円から東海道、信州、越後、東北の一部まで広く知れ渡っていた。まさに大事件であり、人々の関心がそのことに集中していたのだ。

忠治の一行は玉村宿で取調べを受けて、いよいよ最終判決のために今日、嘉永三年十月十五日、江戸へ向かって護送されるのであった。それだけに世間の関心は更に高まり、こうして朝早くから沿道を見送る人々が埋めているのも当然だったのである。

だが、その男だけは違っていた。唐丸籠のほうへちらッと目をやっただけで、表情はまるで変わらなかった。感情などないように、冷やかな横顔だった。渡世人のくせに、その道の大親分の生死にも興味はないらしい。その男はまったく足の運びを緩めずに、同じスピードで四つ辻をすぎ倉賀野方向へ歩き続けていた。

七時前に、倉賀野へ出た。右へ行けば、高崎である。中仙道はもちろんのこと、金古、渋川、中山、須川、猿ケ京、三国峠という順序の三国街道も、豊岡、大戸、長野原、草津から信州へ抜ける信州街道も、みな高崎を通らなければならない。しかし、その男は高崎のほうなど見ようともせずに、真直ぐ中仙道を突っ切った。

その方向へ行くと、下仁田街道へ出るはずだった。そろそろ、道は旅人たちで賑わい始めていた。赤城、榛名、妙義の三山が秋晴れの空に、紺色の稜線を描き出している。

妙義山の向こうに遠く霞んでいるのは、浅間の山に違いなかった。

　柔らかい日射しを浴びて、旅姿の男女がのんびりと歩いていた。駕籠屋が所在なさそうに客待ちをし、馬に若い女を乗せた馬子が目をこすりながら歩いていた。誰もが開放的なのは、中仙道や三国街道などと違って、この下仁田街道には本陣や脇本陣といった駅制がなく、道中奉行の管轄下になかったせいである。

　だが、その男だけは、少しものんびりとしていなかった。道の端を通り、次々に旅人や馬を追い抜いて行った。男は、道中笠をかぶった。俗にいう三度笠とは嘉永の頃になると『大深』と呼ばれる顔がスッポリ隠れてしまう深い饅頭笠のことで、渡世人がかぶった三度笠はそれより百年も前に用いられた女物のような大きくて浅い菅笠《すげがさ》であった。その男がかぶった菅笠もまた、裂け目がはいって灰色に汚れたものだった。

　その男が初めて足をとめたのは、富岡宿をすぎて間もなくであった。とめたのではなくて、呼びとめられたのである。男は振り返ると、それが習慣のように腰をかがめた。三人の若い男が、愛想笑いを浮かべながら近づいて来る。いずれも腰に長脇差を落した、遊び人ふうの男たちだった。

「旅のお人、いかがなもんです。一服なすっていかれちゃあ……」

先頭にいた大男が、やや小柄な渡世人を見下すようにしてニヤニヤ笑った。渡世人は無言で、あたりに目を配った。一服して行くような茶屋も人家も、近くには見当たらなかった。

「さあ、ご案内致しましょう。すぐ、そこですぜ」

三人の遊び人が素早く、渡世人を取り囲むようにした。

「わけあって、先を急いでおりますんで、失礼させて頂きやす」

男は、かすれるような低い声で言った。

「まあまあ、いいじゃござんせんか。お手間はとらせませんせん」

遊び人たちは、男を押しやるようにして歩き出した。一瞬、男の目つきが険しくなった。だが、すぐ思いなおしたように、目を伏せた。道端が崖になっていて、自然にできた小径が桑畑へ続いている。桑畑のほうへは行かずに、崖の下を五十メートルも歩くと雑木林に隠された岩山があった。

「この中で、ちょっとした賭場が開かれているんですがね。気楽に、顔を出してやっておくんなさい」

大男が、渡世人に中へはいれとすすめた。この時代の上州は昼夜を問わず、いろいろなところで賭場が開かれていた。官憲の目を盗んで、野外賭博をやるのである。川の中洲や桑畑の中が、最適とされていた。古墳が多いので、その石室もよく使われた。

男が連れて来られたのは、ただの岩穴であったが、その奥にかなりの人数が集まっている気配がしていた。遊び人たちは、もう笑っていなかった。動こうとしない渡世人がこのまま立ち去るつもりなら、ただでは置かないという顔つきだった。

「いまも申した通り、深い事情があって先を急いでおりやす。お付き合いは、致しかねますんで……」

男は腰をおり、頭を垂れた。

「冗談言っちゃいけねえよ。賭場を見られた上は、仲間になってもらわねえと、あとが危い。因縁つけるわけじゃねえが、賭場を荒されたのも同じこった」

大男が、唾を飛ばしてがなり立てた。

「どこの風来坊か知らねえが、ここは鎌田《かまた》の仁助《にすけ》親分の縄張りだぜ。勝手な言い分は、通らねえんだ」

後ろにいたまだ二十前のチンピラが、渡世人の背中を押しこくった。

「じゃあ、仲間にはいったという証拠に、これを置いて参りやす。それで一つ、ご勘弁を……」

渡世人は大男の掌の上に、一両小判を一枚置いた。三人の遊び人は、顔を見合わせた。白昼の岩穴での俄か賭場では、ひとり一両の金が動いたりはしないからである。渡世人はもう一度頭を下げると、小走りにいま来た道を引っ返して行った。

「腑抜けた野郎だ。一人前に、長脇差なんか持ち歩きやがって……」

二十前のチンピラが肩を怒らせて、地面に唾を吐きかけた。

崖の上の街道に戻ると、男は何事もなかったような顔でさっさと歩き出した。馬山をすぎた。道はカーブを描き、上りになる。樹林が多く見られ、あたりは森閑としている。午前十一時の休憩どきで、旅人の通行がピタッと途絶えていた。その頃の旅行者は午前八時に宿場を出て、午前十一時に休憩、午後一時に昼飯、午後四時に休憩、夕方の六時に次の宿場に着くようにしていたのである。

突然、凄まじい叫び声が聞えた。左手に、杉の古木に囲まれた小さな神社がある。その方向から、女の声が助けを求め続けている。男は、俯向くようにして足を早めた。神社の前の路上に、四十すぎの農婦がすわり込んでいた。

「助けてやっておくれ！　仁助親分ところの若い者が、娘さんを連れてった。悪戯《わるさ》をするのに違いねえ」

農婦が鎌を持った手で、神社の奥のほうを示した。だが、男は農婦の言葉に、耳を貸さなかった。黙々と、その前を通りすぎて行った。地上に、赤い鼻緒の草履が片方だけ、落ちていた。そのすぐ近くで、何かがキラッと光った。男は足をとめずに、その光るものを拾い上げた。金糸で編んだ根掛《ねがけ》であった。女の髪飾りである。

「男は四人、五人もいるんだ。お前さんみたいな人じゃねえと、手も出せないんだよ。頼むから、助けてやっておくれ！」

農婦の声が、男の背中へ飛んで来た。男は身震いして、丸合羽の前を合わせた。背を丸めるようにすると、男は更に足を早めた。上りの道を行くと、すぐ神社が眼下に見えるようになった。その周辺の桑畑も、男の視界にはいった。桑畑と桑畑の間の小道に、動く幾つかの人影があった。

若い娘が、地面に押しつけられていた。ひとりの男が、娘の口を塞いでいる。眉根を寄せて娘は、苦しそうに首を振っていた。その男は両膝で、娘の左右の腕を押さえつけている。もう二人が、娘の脚を一本ずつ持って広げていた。残りの男が、娘の着物を剝ぎにかかっていた。

すでに帯が長くのびて、着物は肩からずれ落ちている。裾が左右に大きく開かれると、赤いものの上に娘の真白な脚が鮮やかに浮かび上がった。太腿まで露わになって男たちの手を逃れようと、蹴るみたいに動く娘の脚が妙に艶かしく、まるで白昼夢を見ているようであった。男たちの淫猥な笑い声が聞えて、そのうちのひとりが娘の上にかぶさっていった。

男の足が、とまりかけた。だが、すぐ目をそむけるようにして、これまでと同じ早さに戻った。道はゆるやかにカーブして、もう男の視界には当たり前なものしかなかった。歩きながら、男は小首をかしげた。まだ昼前だというのに、賭場には誘われるし、若い娘が何人もの男に犯されている。それがみな鎌田の仁助の縄張り内で、しかもその身内の男たちによってなされているということが、不思議だったのである。

上州の西北部にも、聞えた親分衆が多い。沼田街道一帯を押さえている須田門吉親分、信州街道周辺の黒岩寅五郎親分、伊香保から沢渡、草津のあたりまでを縄張りにしている五町田の嘉四郎親分、そして富岡、下仁田を支配している鎌田の仁助親分と、どれもが大前田栄五郎大親分の幹部クラスで、身内に対する統制もとれているはずだった。これは後のことだが、須田門吉親分を除いては誰もが明治の世まで生き残っている。

しかし、そんなことを、ここで考えても仕方がなかった。いまはただ、目的地へ急ぐだけである。その目的地も、そう遠くはなかった。やがて、男は下仁田宿へはいった。信州へ抜ける街道が四本も発しているこの下仁田宿には、集散する旅行者とそれを相手にする商家や小料理屋、旅籠などで活気に溢れていた。

下仁田宿で最上の旅籠とされている『金丸屋』の前で、男はようやくみずからの意志で足をとめた。

2

男は、旅籠とは別棟になっている主人とその家族たちの住まいへ案内された。中庭の奥にあって農家風の藁ぶき屋根だったが、建物そのものは町家の奥座敷という感じで、広くもあり部屋数も多かった。どこも小綺麗にしてあって、庭には秋海棠の紅色の小花が咲いていた。

男は旅支度のまま、庭に面した縁側にすわった。笠だけは脱ぎ、丸合羽の両端を背中へはね上げた。相変わらず無表情で、その翳りのある眼差しが遠くを見ているようだった。やがて、主人の久太郎が、妻を伴って廊下伝いに急いで来た。

「忠七さんにご用があるとかでお見えになったのは、あなたさまですか。金丸屋の主人で、久太郎と申します」

五十年輩の久太郎は、円い顔を綻《ほころ》ばせながらすわった。商人らしく、態度が柔らかくて言葉つきも丁寧だった。男は立ち上がると、両膝のやや上のあたりに手をやって深々と頭を垂れた。

「弥吉という、しがない旅の者にございます。実は、北風の伊之助という兄弟分から頼まれて、こちらの板前の忠七どんに渡してくれと預かり物をして参りやした」

弥吉と名乗った男は、かすれるような低い声で用件を告げた。

「北風の伊之助……！」

久太郎が慌てて、妻のお末を振り返った。お末が不安そうに、品のある顔をしかめて見せた。

「その北風の伊之助というお人は確か、下総《しもうさ》の富里とかいうところで、十二人を斬ったり傷つけたりした……」

「もう、そんなことが下仁田宿まで聞えていたんですかい。いかにも、その通りで……。まあ、渡世人同士の争い事だったらしゅうござんすがね」

「それで、その北風の伊之助というお人は、どうなすったんですか」

「伊之助もそのときの傷が因《もと》で、死にましたよ。あっしとは、下総の我孫子でパッタリ出会ったんですが、そのときはもう伊之助もすっかり弱っておりました。そこで伊之助からこちらの忠七どんへの用を頼まれ、伊之助を葬ったあと下仁田宿へ飛んで参ったんでござんす」

「伊之助というお人は、亡くなったんでございますか。それなら、まあよろしいと申しては何でございますが、その伊之助というお人が斬ったりした十二人の親分さんがこの土地の鎌田の仁助親分と兄弟分とかで、その上関八州お見回りのお役人が富岡にいらっしゃるということもあって、北風の伊之助の噂で大変だったんでございますよ」

久太郎は、胸をなでおろすといった仕種をして見せた。やくざの群雄割拠する上州でも、下仁田あたりは比較的平和な土地である。平和に馴れている人たちは、恐怖に敏感であった。十二人も殺傷したなどと聞くと鬼のように感ずるし、その鬼みたいな恐ろしい渡世人がこの土地へ来たらどうしようと事を大袈裟に考えるのであった。

確かに、やくざの全盛時代は去った。その全盛時代は天保、弘化年間であって、嘉永にはいると徹底的に取締りが厳しくなった。特に街道が何本もあり、天領や旗本領のように警察権が行き渡らない部分が多いことからやくざ天国となった上州には関八州の見回り、正確には関東取締出役が絶えず目を光らせていた。

一般民間人も自衛手段をとり、組合を作って犯罪防止に乗り出した。国定忠治が逮捕されたのも、その一例である。そんなときに、十二人もの人間を殺傷したのだから、例え相手がやくざであったにしろ大事件であった。遠く離れた下仁田宿の住民でも、恐ろしく感ずるのは当然なことかもしれなかった。

「ところで、忠七どんへの届け物なんでござんすが……。伊之助の話によると、忠七どんは労咳《ろうがい》にかかっているとかで、どんなに高価な薬でも買ってやってくれと、これを預かって参りやした。伊之助に急いでくれと頼まれたんで、脇目もふらずにただ歩き続けて来たんですが……」

弥吉は大事そうに取り出した紙包みを、久太郎の前に置いた。中身は小判で、二十両ほどあった。

「まあ……」

お末が久太郎の肩越しにそれを見て、同情的な目を弥吉に向けた。

「伊之助というお人は、うちの忠七とどのような間柄だったんでしょうか」

久太郎が、小判に目を落しながら言った。

「伊之助は、実の親の顔も知らねえんだそうで、十四のときまで忠七どんに育てられたらしいんで……。忠七どんも板前じゃあ、気が短かったんでしょう。些細なことから喧嘩になり、撲《なぐ》られた伊之助は忠七どんの許を逃げ出して、それ以来一度も会っていないとか言っておりやした。それがふとしたことから、忠七どんの消息を知り、労咳にかかっていると聞いてどうしても会いたくなった。そこへあの騒ぎで動きのとれなくなった伊之助は、せめて薬代でも届けてやってくれと、これをあっしに頼んだというところなんでござんしょう」

「どうして、忠七さんが労咳にかかったなんてことを知ったんでしょうね。わたしのところは客商売でございますから、労咳だとわかるとすぐこの奥の離れへ移して、養生をさせたんですからね。誰でも知っている、ということではなかったんですよ」

「何でも伊之助はそのことを、潮来《いたこ》の飯盛女から聞いたとかで……」

「飯盛女から！」

「以前、金丸屋の女中をしていたお倉とかいう飯盛女だそうで……」

「お倉……！」

「あのお倉が、潮来で飯盛女を……！」

久太郎とお末が、同時に驚きの声を上げた。

「それで、合点が参りました。確かに、わたしどもの旅籠にお倉という女中がおりましたんです。ところが、このお倉というのが手癖が悪く、お客さまの持ち物にまで手をつけたので半年ほど前に暇を出しましてね。お倉なら、忠七さんのことをよく知っているはずでございます」

久太郎が、安心したように幾度も頷いた。

「では、あっしはこれで……あとのことは、どうぞよろしくお頼み申します」

弥吉は、菅笠を手にした。

「まあ、お待ちになって下さい」

久太郎が腰を浮かせながら、慌てて呼びとめた。

「ただ、このことのために、はるばる急ぎ旅をされて来られた弥吉さんには大変申し訳ないと思うんでございますが、忠七さんはもうこの世にいないんです」

久太郎夫婦が揃って、深々と項垂れた。

「何ですって……！」

弥吉は、茫然となった。初めて、その表情が硬ばった。弥吉の脳裡を、男たちに対して必死になって抵抗している若い娘の姿がよぎった。張りつめていたものが崩れ去って、弥吉は虚脱状態に陥った。

「もう二十日も前に、労咳で亡くなりました。十年も働いてくれた腕利きの板前でございます。身内同様に葬いましたから、その点だけはご案じ下さいませんように……」

久太郎は、小判の紙包みをそっと押し返した。

「そうだったんですか。伊之助にも気の毒だし、あっしも無駄骨を折りました」

弥吉は吐息を洩らして、雲一つない秋の空を振り仰いだ。

「いかがでしょう。遠くまでわざわざおいで下さったんですから、お急ぎでなかったらわたしどものところへ……」

「ここまで急いで来たんで、これから先は別にどうするというアテもござんせんよ」

「でしたら、どうぞごゆっくりなさって下さいませ。金丸屋のお客としてではなく、遠方からお見えになったわたしどものお客さまとして……」

「ありがとうさんにござんす。しかし、その前に伊之助の心を汲んで、忠七どんの墓に花でも供えてやりたいと思うんですが……」

「それは、よいことでございますな。お墓は北に下ったところの隆昌寺にございますが、いま案内させましょう」

「いいえ、ひとりで参りやす」

弥吉は、ふわっと風に吹かれるように歩き出した。その後ろ姿に、孤愁《こしゅう》の翳りが漂っていた。常にひとりで生きていて、ひとりで行動し、道連れを必要としない男独特の雰囲気であった。弥吉はどこにも視線を転ずることなく、宿場の通りを北へ抜けた。坂道を下ると、やがて川が見えてきた。

西牧川と南牧川が下仁田のすぐ西で合流し、いま目の前を流れている鏑《かぶら》川になっているのだった。鏑川は更に烏川と一本になり、利根川に注いでいる。その鏑川の近くの、広い竹藪の中に隆昌寺があった。弥吉は花と線香を用意して、寺男の指示通りに歩き忠七の墓を見つけた。弥吉は墓の前で、あっさりと合掌をすませた。

隆昌寺を出ると、弥吉は河原に立って澄んだ水の流れに見入った。西に傾きかけた日射しが、弱々しく水面を照らしていた。沈黙を守る山と悠久の流れを見せている川、その山水が人間に語りかけるのは常に無常の寂寥感であった。弥吉は、虚無的な目で川面を流れて行く紅葉の一枚を追った。

川下へ視線を投げたとき、弥吉は自然の世界にまったく異質なものが存在していることに気づいた。それは、川の水が白く砕けている岩の根元に引っかかっていた。赤と白と、そして黒いものだった。黒く流れているのは髪の毛、岩にへばりついている赤いものは着物、白く漂っているのは女の裸身とわかったとたん、弥吉は川の浅瀬を走り出した。

五人の男に、輪姦された娘に違いなかった。長襦袢を腰から下に巻きつけて、両足首をしっかりと腰ヒモで縛ってある。弥吉は、崖の上を仰いだ。崖の上から、飛び込んだのだろう。覚悟の自殺を計ったのである。腰に巻いた白い長襦袢の腿の付け根のあたりに血痕が残っていたが、ほかに外傷はないようだった。

弥吉は娘を河原まで運ぶと、脱いだ丸合羽ですっぽりと包んだ。あのとき、なぜ助けてくれなかったのかと動かない娘に責められているような気がして、弥吉は幾度も目を閉じた。弥吉は娘を更に、隆昌寺へ運び込んだ。二十ぐらいだろう。色の白い、全身のどこも溶けてしまいそうに柔らかい感じの美人であった。

「お八重さんでねえか！　金丸屋のお嬢さんで、ひとり娘ですよ」

と、その顔を確かめた寺男が、目を見はった。弥吉は、凝然と立ちすくんでいた。

3

八重は、一週間ほど寝込んだ。身体は間もなく恢復したが、精神的なショックがひどくて病人も同然だったのである。食欲もないし、誰にも会いたがらない。無理もなかった。処女が初めて経験したのが、五人の男による凌辱の、輪姦だったのだ。死のうとしたくらいだった。

本人はもちろん、何があったかを喋ろうとはしない。しかし、誰が見ても、何が起ったかは一目瞭然であった。下腹部の裂傷と、処女にはないはずの男の残滓が、すべてを物語っていた。久太郎は医者を呼ばずに、お末に娘の手当てをさせた。この不慮の出来事を、隠し通すつもりらしい。隆昌寺の寺男にも、金をやってその口を封じた。

金丸屋の使用人たちには、過って崖から滑り落ちたと言ってある。あと事実を知っているのは、弥吉だけであった。久太郎夫婦はもう少し、もう少しと滞在をすすめて、弥吉を旅立たせなかった。金丸屋を出たら、八重のことをすぐ喋るのではないかと、警戒しているようだった。

間もなく、久太郎夫婦が徹底して隠し通そうとするその理由がわかった。八重の婚約が、すでに決まっているためだった。相手は、下仁田のすぐ東にある蒔田というところの、名家の三男であった。来年の春には、その三男を金丸屋の婿に迎えることになっているという。二、三日前にその婚約者が江戸から帰って来たというので八重は昨日から蒔田の家へ遊びに行き、今日下仁田に戻る途中、鎌田一家の若い者に襲われたのであった。

そのことが先方の耳にはいれば、もちろん縁組みは破談になる。それだけではない。破談の理由が世間に広まれば、結婚どころか八重は家の外へも出られなくなる。弥吉は八重のことを喋る気も相手もないが、いて欲しいという久太郎夫婦の願いに逆らうのも億劫だった。ただ八重のことを考えると、下仁田にいることが苦痛だった。

急がなければならないという一心から、八重の貴重な花が乱暴者たちによって散らされるのを見過したのである。そのために八重は自殺をはかり、あるいは彼女の運命を狂わせてしまうかもしれないのだ。もともと渡世人というのは、できるだけ他人のことで関わり合いになりたがらないものであった。

自分も人生の裏街道を行く男だし、いちいち他人のことにかまっていたら一年中旅などしていられない。できるだけ道中は先を急いで余計なことに頭を突っ込むなという習慣が、いつの間にか身についてしまう。弥吉も、そういう渡世人のひとりであった。だが、今度だけはそうした自分の非情さが、弥吉には情けなく思えた。

「お八重、こちらがお前を川で見つけて、助けて下さった弥吉さんですよ」

一週間がすぎたある日、お末が縁側にいた弥吉に八重を引き合わせた。障子をあけた部屋の夜具の上に、八重は寝巻に羽織という恰好ですわっていた。一瞬、自分が助けようともせずに逃げた男と八重に気づかれるのではないか、と弥吉は思った。しかし、そんなはずはなかった。弥吉にも、八重の顔までは見えなかった。あんな場合の八重が、弥吉の顔を記憶することは不可能である。

八重は、慌てて目を伏せた。恥じらいの色が、目許と口許にあった。半裸で川に浮いていたに違いない自分を、この男は見たり抱いたりしたのだと思えば、若い娘がまず羞恥を覚えるのは当然だった。髪も整って、正常に血の通っている身体になった八重は、いかにも瑞々しく新鮮な美しい娘であった。

八重は、すぐ馴れ馴れしいほど弥吉に親近感を示すようになった。それは、最も恥ずかしい姿を見せてしまった男に、他人を感じなくなるという女の心理であった。中途半端であればむしろ背を向けたがるが、羞恥の限界を越えた場合の女は、その対象となる男に共犯者意識から来る連帯感のようなものを持つのである。

「弥吉さん、山へのぼってみません?」

五日ほどたって、八重は照れ臭そうに弥吉を誘った。

「外へ出る気に、なったんですか」

弥吉は、無表情で草履を突っかける八重を見守った。

「弥吉さんと一緒なら、怖いものはないでしょ」

「さあ、どうですかね」

「十二人のやくざを斬った北風の伊之助という人と、弥吉さんは兄弟分だったと聞きました」

「伊之助と一緒にされちゃあ、かなわねえ。伊之助は兄貴分、あっしは弟分なんですからね」

弥吉は、苦笑した。久太郎夫婦も気晴らしになるだろうと、八重の外出を認めた。弥吉と八重は弁当を作ってもらって、昼前に金丸屋を出た。間もなく十月も末だが、まるで九月の中頃のようないい陽気であった。下仁田宿を出て西へ少し行くと、もう眼前は上州と信州の境に波打つ山ばかりであった。

街道は、四本に分かれる。いちばん北の街道は、大栗《おおぐり》、初鳥屋を抜けて和美《わみ》峠を越え信州の沓掛《くつかけ》へ通じている。次が現在は市野萱《いちのかや》と書く一ノ萱を通り、内山峠を越えて信州の佐久へ抜ける街道であった。三番目は、南牧川沿いの道で砥沢《とざわ》を通り余地《よじ》峠を越えて信州へ、いちばん南は住居付、白井、水ノ戸を抜けて十石峠から信州へ下る十石街道であった。これらはいずれも、下仁田宿から出ているのである。

八重は西牧川と南牧川の合流点あたりから、山道をのぼりはじめた。街道とは違って、土地の人間だけが知っている山道であった。この道は四ツ又山、鹿岳《かなたけ》、物語山といった山塊の北側の中腹を縫うようにして続いていた。二里ほど歩くと、道は高い峠の頂上に出た。西は荒船山で、北は物語山でそれぞれ視界を遮られている。

だが、東を振り返ると、遠く下のほうに下仁田宿が見えていた。帯状に光っているのは、西牧川と南牧川が一本になってからの鏑川であった。弥吉と八重は、枯れかかった草に被われた斜面に腰をおろした。木の梢が風に鳴っているが、その斜面は日溜まりになっていて無風状態であった。

「この峠を、土地の人は見かえり峠って呼んでいます」

八重が太い竹筒から、湯呑みに番茶を注いだ。

「見かえり峠か……」

弥吉は手をかざして、下仁田宿の遠景に目を細めた。見かえり峠と呼ばれているのが、わかるような気がした。

「下仁田を出てここまで来ると、どうしても振り返りたくなるからですって……」

「この山道は、どこへ抜けているんです」

「これを西へ西へと下って行くと、自然に一ノ萱の先へ出てしまうとか聞いています」

「一ノ萱の先……。だったら間もなく、内山峠を越えて信州じゃないですか」

「だから関所を避けたいことがあるようなときは、この道を行くんだなんて話も、聞いたことがあります」

「なるほどね」

弥吉は、考えるような目で、西へ消えている山道を見やった。街道が多いだけに、上州には関所もまた多かった。関八州で関所は三十以上もあるが、そのうちの十五が上州に置かれてあった。下仁田宿から信州へ抜ける四本の街道も、残らず関所で押さえられていた。北側の二本は分かれる前に、西牧の関所にぶつかる。次のは、砥沢に関所がある。十石街道は、白井の関所を通過しなければならなかった。

だが、この山道を西へ抜けると、自然に一ノ萱の先に出るという。一ノ萱の先からであれば、一里ほどで内山峠であり、それを越えれば信州である。関所を通らずにすむ、抜け道なのだ。関所を避けなければならないシミのついた人間が、信州へ逃げ込むためにこの山道を利用する。ここまで来て何年先に帰れるかわからない郷里に名残りを惜しんで、下仁田に別れを告げる。見かえり峠とは、そんな心境を察してつけられた名称かもしれなかった。

「弥吉さんって、無口なんですね」

弁当の包みを開きながら、八重が言った。

「生まれてこの方、ゆっくり話し合えるような相手に、めぐり会えなかったせいでしょう」

弥吉は、握り飯を口へ運んだ。

「ずいぶん、寂しいことを……。でも、弥吉さんて寂しそうだから、わたしも安心してそばにいられるんです」

八重は、暗い面持ちになった。

「それはまた、どういう意味で……？」

「わたしってもう、明るい人のそばにはいられないような気がするんです。負い目を、感じてしまうんです」

「お八重さん、すんだことは忘れなきゃいけねえや」

「おとっつぁんたちは、予定通りに祝言《しゅうげん》をあげさせるつもりでいるようだけど、わたしはとてもそんな気にはなれないんです。相手を騙すことになるし、夫婦になれば騙しきれるものじゃありません。汚れている自分を隠す毎日なんて、苦しくて気が狂ってしまいます。わたしは二度とあの人の前には出られません」

「お八重さんが汚れているとしたら、あっしなんかこうしてそばにもいられねえ。渡世人は気楽で小粋だなんて思っているかもしれないが、決してそんなもんじゃねえんだ。あっしなんかの生き方は、まるでドブ鼠だ。綺麗にしたくたって汚れきった垢は落ちねえし、足を洗えば飢え死にする。いい思い出なんて一つもねえ。昨日という過去を忘れたくて、毎日旅を続けているようなものなんだ」

弥吉は、珍しく多弁になった。何も知らない八重を見ると、弥吉は苦痛だった。なぜ、あのとき八重を男たちの手から救ってやらなかったのかと、渡世人の冷たい習性に自責の念を感じて、何とか慰めようと努めずにはいられなかったのである。

「上ばかりではなく下も見ろって、励ましてくれてありがとう。弥吉さんって、やさしい人なんですね」

八重はこみ上げて来るものを堪えるように、息をとめて目頭を押さえた。八重は、何も知らない。そうではないのだと、弥吉は本当のことを告白したい衝動に駆られた。弥吉の財布の中にはまだ、あのとき拾った金糸編みの根掛がそっとしまい込んであるのだった。

4

八重は一日置きぐらいに、弥吉を誘って外へ出た。行く先は決まって、人のいないところであった。八重は弥吉と二人だけになると、ホッと人間らしい気持になれるようであった。他人であって、自分の恥ずかしい秘密を知っているのは、弥吉だけだと信じているのである。

秘密を知られている気楽さから、弥吉と二人きりになると隠し立てする偽装のポーズより解放されるのに違いない。しかし、深い事情がわかっていない連中は、そんな二人を妙な目で見るようになった。金丸屋の使用人がまずそうであり、女中たちは冷やかしの言葉をぶつけて来たりした。

「お松さん、やの字とやの字だからって、妬くものじゃないわよ」

八重は妙な洒落を言ったりして、女中たちの思惑など頭から無視していた。「やの字」とは、弥吉と八重の「やの字」らしい。しかし、久太郎夫婦までが、いい顔をしなくなった。ひとり娘が渡世人と親しくなるのは、歓迎すべきことではないのである。

久太郎夫婦の、弥吉に対する態度も冷やかになった。八重が弥吉と二人で出かけようとすると、夫婦は露骨にいやな顔をして見せた。かと言って、八重の心を和ませるのは弥吉の義務でもあり、外出を断わったりするわけにはいかない。あまり遠くへ行かないようにするのが、精々であった。

そろそろ、この地を去る潮時だと、弥吉は思った。所詮、渡世人というのは一つところに長くいると、嫌われるものなのである。堅気の連中は、自分たちのために役立ったときは渡世人に対してチヤホヤする。ところが、ロクなことはないと思ったとたんに、掌を返したように渡世人を邪魔者扱いする。渡世人とは、そんな存在なのである。

その日は、隆昌寺のあたりよりずっと川下に下った鏑川の河原まで行った。十一月にはいると山に近い下仁田宿の周辺は、めっきりと秋深い感じになる。遠くの山には白いものが見えるし、朝夕は霧が流れて視界に墨絵ぼかしのもの寂しさが感じられる。川の水も、冷たそうであった。

「伊之助さんっていう人、うちにいた板前の忠七さんに育てられたんですってね」

河原の大きな岩に凭《もた》れかかって、八重がそんな話を持ち出して来た。

「十四のときまでだっていうから、ずいぶん昔の話だ」

興味ないといった顔つきで、弥吉は河原の小石を拾った。

「伊之助さんって、死ぬまでにずいぶん大勢の人を斬ったんでしょうね」

「かもしれねえ」

「怖い人だった？」

「いや、別に……。ひどく、寂しがり屋だった。みんなは伊之助のことを鬼みたいに言うが、普段はおとなしい男だったし、自分からは手出しをしなかったな」

「親も兄弟も、いなかったのね」

「捨て子されたのを、忠七どんに拾われたんだそうだ。伊之助だって、好んで渡世人になったわけじゃねえだろう。十四のときから、ひとりで生きて行かなければならなかったんだし、生まれながらの無宿者じゃあ誰も相手にしてくれねえさ」

「食べて行くために、渡世人になったというわけね」

「あっしと、同じだ。伊之助は、よく言っていた。おれがこの世で人間だと思っているのは、忠七どんただひとりだってね」

「だったらなぜ、十二人も斬ったりして、自分も死ぬようなことをするのかしら。もっと早く、忠七さんに会いに来ればよかったのに……」

「伊之助の話によると、潮来の飯盛女から忠七どんのことを聞いたとたん、労咳は金のかかる病気だ、まず金を作らなければと思ったんだそうだ。大金を作るには、サイコロしかねえ。それで伊之助は、下総の富里というところを縄張りにしている親分の賭場へ乗り込んだ。伊之助はツキにツイて、五十両ばかり掻き集めた。その足で、伊之助は西へ向かった。ところがその富里の清蔵親分が、五十両を取り戻そうとして手を回した」

「それで、喧嘩に……」

「富里一家の者十五人ほどを相手に、やり合ったらしい。その最中に金をバラ撒いてしまい、残った二十両をあっしに預けて伊之助は死んだ。と、まあ、こうしたわけでね」

「弥吉さんって、伊之助さんが好きだったんでしょう」

八重が口許を綻ばせて、青く光る歯を覗かせた。

「そりゃあ、兄弟分の盃を交わしたくれえだから……。あっしと同じで、伊之助はいつもひとりだった。俯向きかげんにさっさと歩いている伊之助の姿は、まるであの世へ急いでいる旅人みてえだったな」

弥吉は、小石を川面へ投げつけた。小石は水の上を滑って、思わぬところで飛沫を上げた。

「よう、ご両人！」

不意に、そう声がかかった。振り返った八重が、愕然となって息をのんだ。いずれも長脇差を腰にした男たちが五人、河原をゆっくりと歩いて来るところだった。弥吉の知らない顔ばかりである。しかし、八重の顔からまったく血の気が引いているのを見れば、男たちが何者であるか見当はついた。

人数も、五人であった。八重を凌辱した男たちに、間違いなかった。彼らは、弥吉の存在を無視していた。自分たちは五人も揃えているし、弥吉はたったひとりの上に長脇差も持っていない。長脇差がなければ喧嘩にもならないということを、彼らは承知しているのであった。

「どうでえ、お前この新六さまの子を、身籠った様子はねえかい」

リーダー格らしい男が、近くまで来てニヤニヤした。あとの連中が、大声で笑い立てた。八重は、岩の蔭にしゃがみ込んだ。

「お前、金丸屋のひとり娘だそうだな。もしお前が身籠ってくれたら、おれは下仁田宿一の旅籠金丸屋の婿におさまることができるってわけだ」

新六という男は、手にしていた筒で太腿のあたりを軽く叩いた。その筒は、どうやら盆茣蓙《ぼんござ》を丸めたものらしかった。盆茣蓙は、その上でサイコロを入れた壺を伏せるものである。もちろん、ちゃんとした賭場では、そんな持ち歩ける盆茣蓙などは使わない。

新六という男が手にしているのは軽便用の盆茣蓙で、どこへでも持って行って簡単に使えるというものだった。壺を伏せるとき音がしないように作ってある紙製品であり、恐らくこの男たちは野外賭博をやりに行く途中なのだろう。

「この女が身籠っても、兄貴の種とは限らねえぜ」

男のうちの、ひとりが言った。

「馬鹿野郎、いちばん先に仕込まれた種を身籠ったと、判断するほかはねえだろう」

新六が、やり返した。男たちはまた、淫らな顔で笑った。

「だけんど、兄貴よ。この女の婿は、もう決まっているとか聞いたぜ」

と、別の男が言った。

「ああ、その婿っていうのは、蒔田のにやけ野郎だそうだな。実は、そこんところが、楽しみなんだ」

新六が、急に険悪な目つきになった。

「おい、金丸屋の娘！　帰ったら、おやじに伝えておけ。蒔田のにやけた野郎のところへおれたちがどう挨拶しにいったらいいものか、二、三日中に金丸屋へ相談をぶちに行くからってな」

新六は弥吉に鋭い一瞥をくれると、嘲笑するように背を向けた。ほかの男たちも、それに倣った。遠ざかって行きながら、男たちは何やら大声で笑っていた。弥吉は、八重のほうを窺った。八重は白い頸《うなじ》を見せて、膝の上に重ねた手に額を押しつけるようにしていた。ますます、八重は不利な立場に追い込まれていく。何もかも自分が原因なのだ、と弥吉は胸に痛みを覚えた。

「すまねえ」

弥吉は思わず、そう口走ってしまった。ハッとしたが、もう遅かった。八重が、驚いたように顔をあげた。

「すまないって、何が……？」

八重は思ったより、はるかに明るい顔をしていた。

「いや、つまり……」

真相を打ち明けてしまおうという気持も動いたが、やはり八重の目の前でそのことを口にはできなかった。あのとき助かる可能性は十分にあったのだと知れば、八重は余計に苦しむに違いなかった。

「あの連中を、さっさと追っ払うことができなくて、すまねえと思ったんだ」

弥吉は、そんなふうに胡魔化すほかはなかった。

「そんなこと、気にしないで下さい。喧嘩する人よりも、弥吉さんみたいに寂しそうでやさしい人が、わたしはいいの」

八重は立ち上がって、自分の言葉に深く頷いた。

「しかし、あの連中、とんでもない難題を吹っかけて来るつもりらしい」

「難題には、ならないでしょ。蒔田のあの人のところへ、どんなことでも言いに行かせればいいいんですもの。蒔田の人とは夫婦になるつもりがないいんだし、わたしはむしろさっぱりします」

「そいつは、いけねえや。お八重さん……」

「この間、蒔田のあの人のところへ行ったとき、江戸からのおみやげだって、金糸の根掛をもらったの。でも、あのときの騒ぎで、その根掛をなくしてしまった……。それが、蒔田の人との縁の切れ目じゃないかと、思っているんです」

「お八重さん……」

弥吉は反射的に、腹のあたりを押さえた。そこには、財布がある。その財布の中には、八重が婚約者からもらった金糸編みの根掛が押し込んであるのだった。しかし、それを八重に返すことも、弥吉にはできないのである。ただ拾っただけでは、話はすまなくなるだろう。

「弥吉さん、おぶって……」

鼻緒の切れた草履を見せて、八重が甘えるように言った。弥吉は、やりきれない気持になった。

5

　新六という男の予告は、単なるいやがらせではなかった。翌日、彼らは早くも下仁田宿へ乗り込んで来たのである。午前中から、金丸屋の筋向かいにある春雨亭という怪しげな飲み屋で、彼らは飲み始めていた。新六たち五人だけではなく、二人ばかり新顔が加わっていた。

　酌女《しやくおんな》たちの嬌声が聞えてくるし、何事だろうと覗きに行く者もいる。八重も春雨亭のほうをチラッと見やっただけで、奥の住まいへ逃げ込んで来た。八重はその場で久太郎夫婦に、昨日河原で起ったことと五人の男が何者であるかを告げた。久太郎夫婦は、血相を変えた。

　障子をしめきった座敷での話し合いも、ついつい声高になる。弥吉はそれを、丸窓の下にしゃがみこんで、聞くとはなしに耳にしていた。

「富岡でのお取調べがすんだので、八州さまが今日にでも下仁田宿へ向かわれるとか聞きましたがねえ」

　お末が、おろおろした声で言っている。

「八州さまにお縋りすれば、その新六とかいう男たちもそれなりのお仕置を受けることになるだろう。だが、それは同時に、お八重がその五人に手籠めにされたと世間に触れ回ることにもなるんだぞ」

　興奮しているせいか、久太郎の声は語尾のところで女のように甲高くなった。

　八州さま――関東取締出役は代官配下の手付とか手代の中から優秀な者を選んで、殆どがそれたちに一任されていた。嘉永年間には関八州に二十人近くいて、一年中受持ち区域を巡回しているのであった。五、六人の部下を連れて移動しているが、必要となれば何人でも捕吏を動員できる権限を与えられていた。鉄砲を使うことも、許されていたのである。

　このように最大の権力を与えられているのだから、関東取締出役に訴え出れば遊び人の五人や十人は恐れることもなかったのだ。だが、訴え出ることが、あまり適当ではなかった。今日のように、親告罪としての秘密が厳守されるわけではなかった。なぜ五人の男が逮捕されたか、当然せまい土地にはその噂が広まるだろう。

新六たちも、そうした被害者側の弱味を読んでいるからこそ、強請《ゆす》ったり事を構えたりするのである。この場合、八州さまにお縋《すが》りするわけにはいかないという久太郎の意見のほうが、妥当だと言わなければならなかった。

「だから、あの男たちを相手にしなければいいんです」

八重が、言った。八重の声が、いちばん落着いていた。

「相手にしなければ、あの連中は蒔田へ行くだろう。お前は、そんなことになってもいいのかい」

久太郎が、悲痛な声を絞り出した。

「かまいません」

「蒔田の家だけではない。お前の婿になろうなんて男は、ひとりもいなくなる」

「わたしにも、婿をとるつもりなんてありません」

「馬鹿なことを……。一生、ひとり身で通すわけにはいかないじゃないか」

「いいえ、わたしはそうします。わたしが安心して夫婦になれる人は、弥吉さんぐらいしかいません」

「お八重……！」

お末が、悲鳴に近い声を出した。

「そんなことを言い出すのではないかと、実は心配しておったんだ。弥吉さんと、親しくさせすぎたのが失敗だった。お八重、この際はっきり言って置くぞ。例えお前が泣き喚こうと、弥吉さんのような人を金丸屋の婿にはしないからな」

久太郎が、大声を張り上げた。

「弥吉さんを婿になんて、頼んでいるわけじゃありません」

「当たり前だ。どこの馬の骨かわからない渡世人を、堅気の家の婿に迎え入れられる道理がないだろう」

「ずいぶん、ひどい言い方を……」

八重が、絶句した。弥吉は、丸窓の下をそっと離れた。弥吉は、苦笑した。どこの馬の骨かわからない渡世人とは、はっきりしたものの言い方だった。しかし事実その通りなのだ。弥吉は土蔵の正面に回り、その前の一段高くなったところに腰を据えた。

土蔵の周囲には高い生垣があって、その内側に数本の桐の木が並んでいた。弥吉は、桐の木の梢《こずえ》を見上げた。葉はすでに散り落ちて、枯れたのが一枚だけ辛うじて残っていた。桐一葉という俳句の季語があるが、秋の澄みきった空に桐一葉が浮いているのを見ると、どこにあるのか知らない故郷のわが家の庭にいるような気持になった。

弥吉は、飽くことなく秋空と桐一葉を見上げていた。それは、その土地を離れようとする直前の、弥吉の癖でもあった。どうせすぐ忘れてしまうのだが、二度と再び来ないその土地の思い出を何とか胸に刻みつけておきたくなるのだ。弥吉の本当の心は、もうこれからの旅路へと飛んでいるのであった。

どのくらい時間がたったのか。弥吉は肩に重味を感じてわれに還った。すぐ横に、八重が立っていた。八重は愁《うれ》い顔で笑いながら、静かに首を左右に振った。弥吉は冷やかな目で、八重を見返した。八重は並んですわると、泣き疲れたあとのような溜め息をついた。

「今日にでも、ここを出るつもりだぜ。お八重さん」

弥吉は、低く呟くように言った。

「ここを出るって……！」

八重は弾かれたように腰を浮かせて、慌てて弥吉の右腕に縋った。

「当たり前な話さ。旅から旅への渡世人が、いつまでも一つところに留まっている道理はねえだろう」

「駄目！　弥吉さんが行ってしまったら、わたしはどうなるの。ひとりぼっちに、なってしまう」

「そんなこと、あっしの知ったことじゃねえさ」

「わたしも、連れてって！」

「冗談じゃねえや」

「弥吉さん……」

泣きそうな顔になって、八重は弥吉の胸へ上体を倒した。弥吉は、無表情だった。八重が、好意以上の気持で弥吉を思っていることはわかっている。だが、渡世人にとって、堅気の娘と好いたり好かれたりすることは、とんだお笑い草なのである。埒外《らちがい》のことであって、互にまったく別の世界の人間であるという鉄則があった。

だから、弥吉は八重に、思慕の情は感じていなかった。知り合いとしての好意、情しかないのだ。何かを感じていたとしても、そのことは意識しなかった。いまも八重を抱いて、その体温に触れ、しっとりとした量感と柔らかさを感じ、衝動的に燃え上がったことも、弥吉は単なる欲望だと解釈していた。

一カ月に一度ぐらい抱く宿場女郎や飯盛女の場合と、少しも変っていないのだと弥吉は信じていた。ただ、その溶けてしまいそうな唇を吸ったとき、これまで経験した女とまるで違うと、感じただけだった。八重は、震えていた。そのカチと鳴っている歯を押しのけて、弥吉は舌を差し入れた。遠慮がちに舌を触れ合わせながら、八重は全身を弛緩させた。

弥吉は、八重の衿元から奥へ、右手を滑り込ませた。火照るように熱い肌が、大きく波打っている胸のふくらみへと続いていた。その丸味を、弥吉は掌に包んだ。その瞬間に八重が、逃げるように身体を引いた。それで弥吉も、相手は宿場女郎や飯盛女ではないのだと、気がついた。

弥吉は押し上げるようにして、八重を立たせた。八重は、弥吉に背を向けた。まだ昼間のうちで、あたりの明るさが急に恥じらいを呼んだのだろう。だが、八重は肩で息をしながら、未練げにしばらくはそのままでいた。

「さあ、誰にも見られないうちに、家の中へはいるんだ」

弥吉は、叱りつけるように言った。

「弥吉さん、まだここにいてくれるでしょうね」

蚊の鳴くような声で、背を向けたまま八重は言った。

「黙って、出て行ったりはしねえさ。それより、お八重さん。これから新六たちが酔った勢いで、押しかけて来るに違えねえ、今日はずっと、家の奥に隠れているんだ」

弥吉は、立ち上がった。弥吉の頭上へ、八重は素直に頷くと、両手で頬を押さえるようにして小走りに去って行った。何かがゆっくり落ちて来た。弥吉は、桐の木の梢を仰ぎ見た。秋空はそのままだったが、残っていた桐一葉は消えていた。

弥吉は、自分に宛がわれている部屋へ戻った。仕事は簡単だった。着物の裾を思いきってからげると、その上からもう一本白帯を巻きつけた。そこへ長脇差を差し込み、手甲脚絆のヒモをしっかりと結んだ。部屋の中で、新しい草鞋をはいた。大型で浅い菅笠をかぶり、丸合羽を最後に羽織った。

久太郎夫婦だけには、一言挨拶をしていかなければならない。弥吉はそのまま庭へ降りると、金丸屋の裏口へ回った。すでに八ツ半、午後三時をすぎていた。金丸屋の炊事場では泊り客の食事の下拵えで、板前や下働きの女たちが右往左往していた。弥吉は帳場にいるという久太郎夫婦を、裏口へ呼んでもらった。

「いったい、どうなすったんでございます。弥吉さん……」

久太郎夫婦は、弥吉の身支度に気づいて呆っ気にとられたような顔をした。

「長い間、ご厄介になりましたが、たったいまから旅立たせて頂きやす」

笠をかぶったまま、弥吉は頭を下げた。

「旅に……!」

「へえ。つきましてはご厄介になったお礼に、新六たちの一件はあっしが片を付けますので、どうぞご心配なさらねえように……」

「弥吉さんが、あの男たちを……!」

「そのことはどうぞ、お八重さんには内緒にしておいておくんなさいまし」

「はい、はい、わかりました。ありがとうございます。助かります。弥吉さん、この通りです」

久太郎は合掌して見せて、お末は板の間に額をこすりつけた。弥吉は、胸の奥で冷笑した。どこの馬の骨かわからない渡世人に、今度は手を合わせて三拝九拝している。勝手なものだが、こういうふうにできているのだから仕方がない。渡世人は利用されるだけで、結局最後は堅気の衆が得をする。

「ごめんなすって……」

弥吉は、金丸屋の裏口を出た。通りはすぐそこで、その筋向かいに春雨亭のドでかい提灯と縄のれんが見えている。弥吉は俯向くようにして、通りを横切った。

「新六っていう三下が、ここにいるそうじゃねえかい」

縄のれんの前に佇んで、弥吉はそう声をかけた。男の蛮声と女の嬌声が、ピタリとやんだ。

6

二人、三人、五人、七人と、いずれも酒臭い男たちが路上へ出て来た。春雨亭の酌女たちが、内側から急いで店の戸を閉めた。通行人が慌てて、道の反対側へ逃げた。通りに面して並んでいる旅籠や商店から、幾つもの顔が覗いた。七人の男たちは、渡世人を取り囲むようにした。酔っているせいか、どの目も異様な輝きを見せていた。

突然、弥吉が丸合羽の前を大きく開いた。長脇差はすでに鞘ごと弥吉の手に握られていて、丸合羽の前を開いたのと同時に白刃が正面にいた男へ走った。喉が割れて、そこから血と泡を噴き出しながら男は仰向けに倒れた。死んだことを確認しながら、弥吉は右側の男の胸を突いた。

それを引き抜いて、見もせずに後ろへ払った。新六の右腕が、長脇差を握ったまま地面に転がった。見ていた女たちが一斉に顔をそむけたのが、気配でわかった。弥吉は一回転して、背後へ回ろうとする男の顔を斜めに斬りおろし、逃げようとして尻餅をついた男の脳天を割った。

あと、まだ二人残っている。しかし、その二人はあと回しだった。まず、八重を犯した五人の男を殺さなければならない。口を封ずるのだから、負傷させただけでは意味がなかった。絶命させるのである。即死しているのは、喉と心臓をやられた最初の二人だけだった。

弥吉は、新六の喉を改めて突き刺した。脳天を割られた男も、声を立てずに止めの一突きで死んだ。顔を斬られた男は、立ち上がって逃げようとしたが、蹴倒して胸を突き刺すとすぐ絶息した。これで、五人とも完全に死んだ。そうなるまで、二分とかかっていなかった。

「お、お前は……！」

残った二人のうちのひとりが、真青な顔で弥吉を指さした。

「お前らも、新六の企みが何か、知っているのかい」

弥吉は、二人の男に詰め寄った。

「そんなこと、知るもんけえ。おれたちは、鎌田の仁助親分のところへ使いで来ていた下総の富里一家の身内だい」

二人の男は、長脇差を地上に投げ捨てて、すでに逃げ腰になっていた。

「富里の清蔵親分の身内か」

弥吉は、菅笠の前を少し持ち上げて、二人の男を見据えた。

「あっ、やっぱり……！」

「間違いねえ。北風の伊之助だ！」

二人の男は大声で叫ぶと、脱兎の如く逃げ去った。見物人の間に、ざわめきが起った。あれが北風の伊之助だってよ、道理で人殺しには馴れているわけだ、とそんな囁きが弥吉の、いや北風の伊之助の耳にもはいって来た。北風の伊之助は、まったく表情のない顔で歩き出した。

人殺しには馴れている、と伊之助は自嘲的に呟いた。しかし、自分のほうから手出しをしたのは、今度が生まれて初めてのことだったのだ。誰も、そんなふうには思ってくれない。それで、いいのだ。どうせ渡世人は、いる土地ではよく言われないものだった。だからこそ、昨日のことは忘れるために、他国へと旅を続けるのであった。

目指すは、信州である。関東取締出役とその一行が、すぐ近くまで来ているらしい。逃げた富里一家の身内は、関東取締出役の一行に事件を知らせに行ったのだろう。十二人殺傷に五人殺しの罪が加えられ、追及はこの上なく厳しくなるに違いない。

西牧、砥沢、白井の各関所へ、手配の指令が行く。しかし、八重に教えられた見かえり峠を経ての、抜け道がある。信州へ逃げ込めば、関東取締出役の管轄下ではないし、信濃の統治者の協力や諒解が必要となる。そのための手続きが踏まれているうちには、遠く東海道か北陸路まで逃げのびているだろう。

下仁田宿を西へ抜けた北風の伊之助は、彼特有の早い足どりで西牧川と南牧川の合流点の近くの浅瀬を渡った。山道を登りながら、伊之助は太陽の位置を気にした。太陽は、西の空にあった。夜遅くなると、道に迷うかもしれない。急がなければならなかった。

下仁田宿は、騒然としていた。馬に乗った関東取締出役が駆けつけると間もなく、その一行に富岡と下仁田の役人を総動員しての追手が加わった。各関所へ早馬が飛び、下仁田宿の主な通りでは篝火《かがりび》を焚くようにと指示が下された。その騒ぎを聞きつけて、八重は引き籠っていた奥座敷を飛び出した。

「何があったんです」

八重は、帳場の奥にある部屋へ駆け込んだ。そこには、お末しかいなかった。

「お八重……！」

逃がすまいとするように、お末は八重の肩をかかえ込んだ。

「あの男たちが、何かしたんですか。おっかさん」

「いいえ、あの五人は春雨亭の前で、斬り殺されましたよ」

「斬り殺された……！」

「だから、もう何も心配することはありません」

「誰が、誰があの五人を……斬ったの」

「あの人ですよ」

「弥吉さん！」

八重は、立ち上がろうとして藻掻《もが》いた。

「弥吉なんて、出鱈目を名乗っていたんですよ。あの人は、あの人自身が、恐ろしい人殺しの北風の伊之助だったんです」

押えつけようとして手が滑り、お末は畳に俯伏せになった。

「嘘！」

八重は這いずって、母親のそばを離れた。

「嘘じゃありません！」

お末は、八重の足に縋った。

「あの人は、弥吉さんです。北風の伊之助なんかじゃない！」

「おっかさんの言うことを、頼むから信用しておくれ」

「あの人は、正真正銘の弥吉さんよ」

「お八重、どこへ行くの！」

「わたし、弥吉さんと一緒に行きます」

八重は部屋を出ると、土間にあった草履を突っかけて旅籠の表口から外へ走った。八重は、西へ西へと向かって狂ったように疾走した。弥吉の行った先は、察しがついている。見かえり峠を抜けて、関所を通らずに信州へ逃げ込むつもりなのに違いなかった。

弥吉がいなくなって、自分ひとりになったらとても生きてはいけないと、八重は思った。あとほかに、傷ついた心の本当の痛みを察してくれる誰がいるだろうか。親にしても、ただ無事に婿を迎えることしか、考えてはくれないのだ。人間の苦しみを知っていて、あの孤独で憂鬱そうな弥吉がいたからこそ、今日まで安心して毎日を過すことができたのではないか。

あの唇を合わせ舌を絡ませたときの感触が、八重の身体の芯に甦った。八重にとっては、生まれて初めての感触であった。相手が弥吉であれば、肌に触れられても嫌悪感はない。それが、自分が弥吉なしでは生きていけないという証拠であるような、気がするのであった。

西牧川と南牧川が合流するあたりで、馬に乗った役人と数十人の捕吏たちを八重は追い抜いた。関東取締出役の一行は、そこで二手に分かれようと捕吏の編成替えをしていたのである。八重は、西日が反射する川の浅瀬を渡った。

「弥吉さん、待って！」

山道を登りながら、八重は大声で叫んだ。その声が山に反響して、谺が長く尾を引いた。

「あの女、何者だ」

馬上の取締出役が、川向こうの八重を指さした。

「何者かは遠くて判断できませんが、北風の伊之助は下仁田宿へ来てから弥吉という偽名を用いていたと、先刻宿場の噂で聞いております」

下仁田宿で動員された捕吏のひとりが、そう答えた。

「あの女、しきりに弥吉と呼んでおる。さては北風の伊之助、あの山道を逃げおったな。よし、あの山道を行ってみよう。誰か、あの女を捕えよ。刃向かうようであれば、斬れ」

馬上の役人が、そう命じた。若い捕吏がひとり、浅瀬を走って八重のあとを追った。間もなく、その捕吏は八重に追いついた。八重は、捕吏を突き飛ばして逃げた。捕吏は抜刀すると、後ろから八重の背中に突き刺した。

「弥吉……」

さん、の途中で、八重の声は途切れた。折れた刀の半分を背中に突き立てたまま、八重は急斜面にある雑木林の中へ転がり落ちた。

その頃、北風の伊之助は、見かえり峠の頂上にいた。伊之助は、下仁田宿のほうを振り返った。宿場は、夕闇に霞んでいた。何の感慨も湧かなかった。一つの土地を離れて、ほかの土地へ旅をするのは毎度のことだし、別れを惜しむような理由も常になかった。

今度の場合は、ただ金丸屋の板前忠七の死に目にあえなかったことが、心残りなだけである。しかし、もともと忠七の顔を見るつもりはなかったのだ。忠七と会えば、北風の伊之助だとわかってしまうかもしれない。それで、薬代の金だけ置いて、すぐ下仁田を離れる気で来たのだった。そう思えば、口惜しくもない。

金と考えたとたん、伊之助はとんでもない忘れ物に気がついた。財布を連想し、その中にある八重の根掛のことを思い出したのであった。八重が、婿をとる。亭主に、お前にやった金糸の根掛は、と訊かれる。なくしましたと答えるわけにはいかないだろうし、いつどこでどうして紛失したのか詰問されたら大変なことになる。

引っ返して、隆昌寺の寺男に預けて来るほかはないと、伊之助は思った。危険だし、面倒でもあった。だが、知らん顔はしていられなかった。関東取締出役が、まだ下仁田宿に到着していないということも考えられる。どうせ夜道になるのだから、少しぐらい遅くなっても大した違いはない。

余計なことや他人のことには関わり合いになりたくないという渡世人気質が、八重をあんな目に遭わせたのだ。そんなことは、二度と繰り返したくない。どこの馬の骨だかと言われながら利用されていると承知の上で五人も斬った馬鹿な男が、ついでにもう一つ無駄なことをしてやってもいいではないか。

伊之助は小走りに、いま来た道を下って行った。日は西の山に傾いて、残光があたりを朱色に染めていた。伊之助は、夕暮れどきが性に合っていた。朝や昼間、それに夜は、ひとりでいると人から変に思われそうな気がするのだった。しかし、夕暮れだけはひとり旅がサマになるし、安心できるのである。

二キロほど下って来たあたりで、伊之助は、大勢の人の気配を感じた。伊之助は、足をとめた。山道が赤く映えて、自分の影が前へ長くのびていた。その影の頭の部分に、五、六人の捕吏が姿をあらわした。

「北風の伊之助！　神妙にせい！」

どこからともなく、そんな声がかかった。伊之助は長脇差を抜いておいて、見かえり峠の方向へ走り出した。撃てという叫び声と同時に、銃声が四、五発鳴った。それは轟音となって、静まり返っていた夕暮れの山々に響き渡った。伊之助は、弾かれるように跳ねて、山道の枯れた草の上に転がった。

戻ってこなければいま頃は、などと伊之助は考えなかった。生まれたときから死ぬ一瞬まで、ずっとひとりだった。人間らしい人間とただひとり思っていた忠七も、もうこの世にはいない。いつ死んでもいいように、できている自分の人生なのだ。いつか八重に話したが、まるであの世へ急いでいるみたいな渡世人とは自分のことで、いまその目的地についたのにすぎないと伊之助は思った。伊之助は霞む目で、見かえり峠の彼方に沈む落日を見た。

隆昌寺に、八重の墓はある。だが、渡世人北風の伊之助の墓は、どこにもない。

中山峠に地獄をみた

蝉の声が、ピタリとやんだ。無気味な静寂が、あたりを支配した。遠巻きにした見物人たちも、呼吸をとめるようにして表情を硬ばらせた。見物人の半分が近くの農家の男女であり、あとは通りがかりの旅人と宿場からわざわざ駆けつけて来た連中であった。二、三子どもの手を引っ張って、人だかりの中から逃げ出して行く女もいた。

1

見物人たちは、無意識のうちに顔や首筋の汗を拭っていた。炎天下である。晴れ上がった夏空には、雲一つなかった。上州の夏は暑い。何もかも、乾燥しきっている。それに、この上州が大胡《おおご》宿を通っている日光裏街道は挨っぽかった。日陰らしい日陰もなく、白く乾いている道が真直ぐにのびていた。

この裏街道は中山道を玉村のあたりで北へそれて、駒形、大胡、神梅《かんばい》などを通り、足尾を抜けて日光へ出るのであった。例幣使街道を行くよりははるかに近道だったし、いまでは想像もつかないほど多かった日光への遊山客で、当時のこの裏街道は大変な賑わいを見せていた。

しかし、大胡宿の西のはずれになると、旅人の姿は急に減少する。殆どの旅人が大胡から南下して中山道へ向かい、西へ真直ぐ前橋へ行くという者はほんの少ししかいないためである。それでもいまは、大勢の人々が集まって、西への街道は通行止めという形になっていた。

現在で言えば、前橋市と大間々《おおまま》町の恰度《ちようど》中間点であった。北に、赤城山がある。路上に落ちた影は、全部で七つあった。一つの影を、あとの六つの影が包囲していた。いずれも、旅の途中にある渡世人ふうの男たちであった。地元の、遊び人ではない。それは、当然なことだった。

大胡のすぐ北にある宮城村は、大前田栄五郎の出身地である。大胡宿も、大前田栄五郎のいわばお膝元であった。このときの大前田栄五郎は六十歳、円熟期にあって仲裁役の親分と言われていたくらいに『和』を重んじていた。その大前田栄五郎のお膝元で、彼の息がかかった連中が白昼長脇差《ながどす》を抜き合うようなことは、許されるはずがなかった。

六人組のほうは、それでも小ざっぱりした旅姿をしていた。髷も乱れていなかったし、髭も剃っている。手甲脚絆は鮮やかなナス紺であり、地上に投げ捨てた菅笠も振り分け荷物も新しいという感じだった。しかし、六人に取り囲まれているほうの男は、まるで乞食であった。

月代《さかやき》はのび放題で、髪がぼさぼさの頭をしていた。不揃いの真黒な髭が、頬、鼻の下、頤《あご》を被っている。三、四ヵ月は洗ってないという浴衣のようなものを着て、その裾をすり切れた帯にはさみ込んでいた。手甲脚絆はボロボロになり、草鞋《わらじ》はその役を果していなかった。

見るからに、陰気な感じのする顔だった。目つきは鋭いが、瞳に輝きがない。眼差しが暗く沈んでいる。ちぎれかかっている左の袖は、最近の喧嘩で斬られた名残りなのかもしれない。左腕には手首から肩まで、薄汚れた晒《さらし》をきつく巻きつけていた。長脇差の鞘の塗りも、すっかり剝げ落ちている。

六人の渡世人は揃って、抜いた長脇差を前に構えていた。六人が作っている輪は、少しずつ左へ回りながら縮まっていく。どの顔も、憎悪と敵意に燃えて蒼白だった。照りつける日射しに、白刃がときどき閃光を発した。黄粉《きなこ》を盛ったような地面に、男たちの足跡が線を描いた。

「人違いだって言っているのに……」

取り囲まれている男が、面倒臭そうに低い声で呟いた。

「やかましいやい！　間違いねえと睨んで、おれたちは足尾宿から手めえのあとをつけて来たんだ。それとも、おれたち六人の目が狂っているとでも言うのか！」

男の右側に位置していた渡世人が、震える声でそう喚き立てた。

「おれっちが三千両も盗んだ野郎どもの一味なら、もうちっと気の利いた恰好で旅しているぜ」

男は、無表情だった。彼だけが、まだ長脇差も抜いていなかった。腕に自信があるというより、どうにでもなれと投げやりになっている感じだった。六対一ではどうすることもできないと、何とか危機を脱する方法を考えているのかもしれなかった。

「叩っ斬れ！」

渡世人のひとりが、大声で叫んだ。六人が一斉に長脇差を振り上げ、その輪が中心へと縮まった。見物人の大半が、顔をそむけたり目を閉じたりした。六対一、ひとりの男がナマス斬りにされて血の海の中に転がるという惨状を、誰もが想像したのである。それだけに、見物人たちは驚いた。

いつの間にか、その男は六人の渡世人が作った輪の外へ出ていたのだった。男は渡世人のひとりを背後から羽交締めにして、その右手の長脇差を奪い取った。次の瞬間、長脇差を奪われた渡世人が、叫び声を発してのけぞった。続いて、左右と正面の渡世人三人が、地上に転倒した。

残った二人が、長脇差を水平に突き出して、喚声を上げながら体当たりして来た。男は、身体を沈めた。そのときはもう、二人の渡世人は地面に這いつくばって悶えていた。六人が残らず、イモ虫のように呻きながら苦悶している。ある者は脇腹を押さえ、ある者は頭をかかえていた。

血は流れていない。斬ったのではなく、長脇差の峰で激しく撲りつけたらしい。見物人の口から吐息が洩れ、人垣がどよめくように揺れ動いた。三十秒とたたないうちに六人を倒した男の早技に感嘆し、弱いと思われるほうに味方する人情からホッと安堵したのであった。

それに、見物人たちは渡世人と男のやりとりから、この騒ぎの原因を察していた。公平に見て、六人の渡世人のほうが無理難題を吹っかけていると判断すべきだった。人違いだと迷惑がっている男を強引にこの場へ引っ張って来て、何が何でも殺すと一方的に六人の渡世人たちは長脇差を抜いたのである。

渡世人たちは、野州鹿沼《やしゅうかぬま》の銀造親分の身内だと言っていた。去年の暮れ、銀造親分の采配で、大倉山山麓の寺院を借り切り、歳納めの大がかりな賭場が開かれた。その上がり三千両を、大倉山から鹿沼へ馬で運ぶことになった。銀造親分の身内十人が、警固のために同行した。

ところがその途中で、地元の百姓を装った五、六人の者に痺れ薬を盛った酒を飲まされたのである。もちろん三千両は奪われ、四人が中毒症状を起して死亡した。烈火の如く怒った銀造親分は残った六人を、盗人たちの首を持ち帰らない限り敷居を跨がせないと追い出したのであった。

六人は半年以上かかって関八州を歩き回り、数日前に足尾で盗人のひとりらしい男を見かけたのである。どうやらその盗人の一団は、四、五年前から関東一円で思い出したように犯行を重ねている天狗の勘八という盗賊の一味のようであった。百姓に変装して痺れ薬を用いるという手口が、天狗の勘八とその一党のやり方と共通しているからだった。

以上のようなことを見物人たちは、六人の渡世人と疑われた男のやりとりで漠然とながら呑み込んでいた。それで誰もが、乞食みたいな男のほうに同情したのである。どう見ても、その乞食のような渡世人が、盗賊の一味とは思えなかったのだ。六人には、誰の首でもいいから持って帰ろうという焦りが感じられた。

見物人は、笑ったり興奮したりした顔で、その場から散って行った。奪った長脇差を投げ捨てた男の姿は、すでになかった。男は表情のない顔で、大胡宿のほうへ戻りかけていた。玉村方向へ通ずる街道へ出るつもりであった。その男のあとを、腰をかがめるようにして追って行く者がいた。
二十七、八の堅気の商家の手代という感じの男だった。男はしばらく、二、三メートルの間隔を置いて、渡世人のあとをつけて歩いた。声をかけたいが、恐ろしくもあって逡巡しているようであった。大胡をあとにして半里ほど来たとき、男はようやく思い切ったように渡世人に追い縋った。
「もし、親分さん……」

言いようがなく、男はそう呼びかけた。渡世人は振り返ろうともせずに、早い足の運びで歩き続けた。

「見知らぬ者がお引きとめして失礼とは存じますが、どうぞお耳をお貸し下さいまし」

商家の手代ふうの男は、必死の面持ちで渡世人と肩を並べた。男の肩で、大きな振り分け荷物が躍った。

「わたくしは武州熊谷《くまがや》の織物問屋増井屋の手代で、新蔵と申す者でございます」

新蔵と名乗った織物問屋の手代は、歩きながら幾度も頭を下げた。武州熊谷——と聞いたとき、渡世人の髭だらけの顔に初めて反応らしいものがあった。だが、その反応も一瞬にして消えた。渡世人は相変わらず、黙り込んだまま歩き続けた。

「実は、さっきのイザコザで、親分さんの大した腕を拝見させて頂きました。そこで、親分さんのお力を、是非ともお借りしたいと存じまして……」

新蔵という手代は、哀願するように渡世人を見上げた。渡世人は冷やかな横顔を見せて、視線を遠くへ走らせた。街道の両側は、見渡す限り畑であった。水田は、あまりない。陸稲《りくとう》と桑の畑が多かった。遠くに雑木林や農家、白壁の土蔵などが点在している。あちこちから、呼応するように蟬の声が聞えて来た。

遮るものがないので、風の通りもいい。むしろ、駕籠や馬に乗っている旅人のほうが、汗を拭くのに忙しいようであった。牛を引いて歩いている農夫の姿が、よく目についた。右手に榛名山《はるなさん》が、クッキリと紫色の容姿を見せている。渡世人は陰鬱に、視線を前方へ転じた。老けて見えるが、三十を二つ三つすぎたというところだろう。

「いかがなもので、ございましょうか」

新蔵は前に回ると、渡世人に向かって両手を合わせるようにした。すれ違った旅人たちが、何事かというふうに振り返って行った。

「堅気の衆に、お貸しするような力は持っておりやせんよ」

初めて、渡世人が口を開いた。意外に、へりくだった言葉遣いである。

「そんなことをおっしゃらずに、どうぞ助けると思って……。実は悪い連中に取っつかれて、大変に難儀をしております」

「あなたがですかい」

「いいえ、わたくしの姉なんでございます。わたくしの姉は、増井屋の跡取りの女房なんですが、この度わたくしと二人で旅に出まして……。太田からが大間々《おおまま》宿まで参りましたところが、二人連れの乱暴者が姉に付きまといまして、その後の道中を片時も離れようとしないのでございます」

「宿場役人にでも、訴え出たらいいじゃござんせんか」

「わたくしがそんな気配を見せようものなら、姉は殺されるに違いありません。それに、もう同じ旅籠に二泊もしておりますし、噂が世間に広まればどう勝手に取り沙汰されるものやらわかりません。こんなことを申しては何でございますが、同じ道の腕の立つ方にお縋りするほかはないと思いまして……」

「それで、いまはどこにいなさるんですか」

「わたくしは口実を設けて遅れて行くことになっておりますが、姉たちはこの先の駒形の小料理屋で待っているはずでございます」

新蔵という手代は、安心したように表情を緩めた。渡世人が話に乗ってくれたものと、判断したからだった。渡世人は、苦笑した。いつものことだが、堅気の連中というものは言いにくいことを平気で言う。頼りにしながら、この世の裏街道を行く渡世人を心の中では軽んじているのだ。

姉が武州熊谷の織物問屋増井屋の若妻、弟がそこの手代で二人揃って旅に出た。その途中で二人組の無法者に付きまとわれ、以後姉のそばを離れようとしない。役人に訴えようとすれば姉が殺されるに違いない。そのことが公然となれば、同じ旅籠に二泊しているのだし無法者と関係したのではないかと世間から姉の貞操を疑ぐられる恐れもある。

だから、同じ道の腕の立つ人間に、助けを求めるほかはないというのだ。つまり、やくざ者のことはやくざ者に任せる、という考え方なのである。毒をもって毒を制する。それを当人に向かって、お前は毒だからあっちの毒を制してくれと頼んでいるのも同じなのだ。どっちの毒が強く、どっちの毒を制するか、それは堅気の連中にとってどうでもいいことなのであった。

「失礼でございますが、お名前をお聞かせ下さいまし」

新蔵は渡世人に恐怖感を覚えなくなったらしく、笑顔を見せながら言った。

「本名は、忘れちまいましたよ」

渡世人は、晒を巻きつけた左腕をかかえるようにした。

「忘れた？」

「この十五年間、郷里へ足を向けたことも、本名を呼ばれたこともねえんでね」

「では、何とお呼びしたら……」

「長次郎、とでも呼んでおくんなさい」

「長次郎さん。いいお名前でございます。ところで、その左腕の晒は、何のために巻いてあるんでございますか」

「こうしてねえと、古傷がズキズキするんでね」

「ずいぶんと、危い目に遭われて来たんでございましょうね。できればこれからの道中もご一緒して頂けると、心強いんでございますが……」

「折角ですが、あっしは道連れというのが嫌いでしてね。これまでも、ずっとひとりだったもんで……」

「どこを、お回りになったんでございますか」

「関八州は残らず、ほかに信州、甲州と歩き続けましたよ。アテもねえのに……」

「けれども、何か目的があっての道中でございましょう」

「あるいは、ひょっとして会えるかもしれねえと、叶えられるはずのない望みを持ってはおりやすがね」

長次郎と自称する渡世人はニコリともせずに、むしろ冷たい表情で頭上の空を振り仰いだ。嘉永四年の上州の夏は、油照りの日々が続いていた。

2

駒形村はただの農村だが、日光裏街道と伊勢崎へ通ずる道が交差するあたりには旅人相手の店が軒を並べていた。茶店に毛の生えたような休憩所兼みやげ屋、馬子や雲助の溜まり場になっている一膳飯屋、女っ気のない飲み屋など、あまり高級ではない店ばかりであった。

その中にあって、『十文字』という小料理屋だけが目立って豪華だった。と言っても、塀に囲まれた料亭には程遠い規模である。ちょっとした門があり、奥には庭もあるというだけの造りだった。二階建てだが、女中代わりの小娘は新蔵と長次郎を、階下の奥の座敷へ案内した。

小娘は顔をしかめて、乞食のような長次郎を胡散臭そうに見やった。しかし、さすがに文句はつけなかった。静かだった。廊下に沿って襖で仕切った部屋が幾つも並んでいたが、客は殆どいないらしい。男女の密会に、使われそうな小料理屋だった。裏が寺院の境内になっていて、相変らず蟬の声が聞えている。たまに、池で鯉のはねる音がした。

「あそこに、いるんでございます」

新蔵が膝を揃えてすわると、不安そうに庭のほうを窺った。池の向こうに、別棟になった離れがある。離れの障子などは残らず取り払ってあるので、中の様子が丸見えだった。なるほど正面に、商家の内儀ふうの女がすわっている。三十前後だろうか。色の白い、繊細な顔立ちの美人であった。

「あれが、姉の美代でございます」

新蔵が、震える声をひそめて言った。長次郎は、美代という女から目を離さなかった。美代は丸髷が重そうなくらいに、悄然と項垂れていた。小柄な身体つきをしている。化粧をしていないのが、三十前後の上品な人妻を凄味のある美しさにしていた。紺系統の地味な着物も、成熟しきった女を一層艶っぽくしている。

「右側にいるのが、鬼坊主の安五郎とかいう兄貴分で恐ろしいやつでございます。左側のが韋駄天の亀吉というチンピラでして、安五郎のためならどんなことでもする気違いみたいな男なんです」

見るのも怖いのか、新蔵は離れのほうへ背中を向けて言った。確かに、新蔵のような堅気の優男《やさおとこ》には、どうすることもできない相手だった。鬼坊主の安五郎というのは、見るからに凶悪で一癖も二癖もありそうな大男であった。長脇差を横に置き、月代《さかやき》をのばして一応は渡世人らしい風態をしている。

しかし、正統派の渡世人でも、やくざでもない。もちろん、この世界の仁義も規律も、守るような人種ではない。道中で堅気の衆を相手に、金と女にありつこうとするいわゆる無宿者であった。犯罪常習者であり、野良犬だった。それも三十五、六だから、かなり年季のはいっている悪党である。

韋駄天の亀吉と称するほうは、二十三、四の若造で大したことはなかった。安五郎の腰巾着になって、お余りをもらっているというチンピラであった。亀吉は、安五郎の盃に酒を注いで調子を合わせるように笑っていた。卓上にはすでに、二十本以上の銚子が並べてあった。

不意に、女の悲鳴が聞えた。美代が、のけぞりながら叫び声を発したのだ。彼女の上に、安五郎がのしかかっている。朱塗の膳が蹴飛ばされて、転がり落ちた銚子や小丼《こどんぶり》がけたたましい音を立てた。着物の裾が割れて、宙を蹴る美代の白い足が目についた。亀吉が、その脚を左右に広げるようにして押さえ込んだ。

「わたくしがいない間にと、到頭本性を表わしたんでございます。長次郎さん、よろしくお願いします。何卒、何卒……、この通りでございます」

血相を変えた新蔵が、幾度も畳に額をすりつけた。だが、長次郎は動こうとしなかった。

ただ、離れでの出来事を見守っているだけだった。離れでは、美代が完全に安五郎の下になっていた。断続的に、締め殺されるような彼女の悲鳴が聞えた。安五郎の背中越しに、丸髷のくずれた美代の必死の形相が覗いたり沈んだりしていた。

「姉を、見捨てないで下さい！　失礼ではございますが、どうぞこれでよろしくお願い致します！」

新蔵が取り出した一両小判を三枚、長次郎の膝の上に置いた。長次郎は三枚の小判を握りしめると、ゆっくりと立ち上がった。それでも、裸足で庭へ飛び降りたりはしなかった。沓脱ぎの上の草履を突っかけて、庭をブラブラと横切って行った。

「新蔵！　そこにいるなら、助けて！」

母屋の廊下にいる弟の姿に気づいたらしく、美代がそう絶叫した。新蔵も庭へ駆けおりると、長次郎のあとを追って来た。だが、それよりも早く裏のほうから、飛び出して来た男が離れの濡れ縁に足をかけていた。五十に近い男で身装りは商人ふうだが、手に長い丸太棒をかかえていた。

「やいやい、ここは野中の一軒家でも、女郎屋でもねえんだい！」

五十に近い男は白髪頭が噓みたいに、丸太棒を振り上げて威勢のいい啖呵を切った。

鬼坊主の安五郎と韋駄天の亀吉が、呆気にとられたような顔で振り返った。その隙に髪も着物も乱した美代が、離れから飛び出して来て新蔵の足許にすわり込んだ。

「おめえ、誰なんだ」

安五郎が立ち上がって、丸太棒を持った男に声をかけた。

「この十文字屋の亭主だ」

男は、安五郎を見上げて身構えた。

「小料理屋の亭主のくせに、客のやることに文句をつけるのかい」

安五郎は、嘲笑するように肩を揺すった。

「当たり前だい！　おれの店ではな、昼間から女を手込めにするような真似はさせねえんだ」

「小料理屋の亭主にしておくのは、惜しいようなとっつぁんだぜ」

「てやんでえ。あんまり、舐めたい口をきくなよ。いまでこそ足を洗って十文字屋の亭主に納まっているが、十年前までは駒形の源兵衛って言えばちっとは知られた顔だったんだ。いまでも義理人情の心がけは忘れていねえし、弱い者いじめを黙って見ちゃあいられねえんだい！」

「とっつぁん、おめえ誰の前で結構なゴタクを並べているのか、知っているのか。おれはな、鬼坊主の安五郎っていうんだ」

「それが、どうしたい」

「鬼坊主の安五郎はな、ただの渡世人とわけが違うんだ。これを、よく見ろ！」

突然大声を張り上げて、安五郎は右の袖口をまくって見せた。とたんに十文字屋の亭主源兵衛は、丸太棒を投げ出して地面に尻餅を突いた。鬼坊主の安五郎の右手首のやや上のところに、『さ』の字の入墨がしてあったのだ。十年前までは渡世人の世界にいたという源兵衛には、その入墨が何を意味するかわかったのである。

「そうよ。この通り、おれはドサ帰りだ」

安五郎は、凄味を利かせて源兵衛を見据えた。その背後で韋駄天の亀吉が、自分が畏怖されているとばかり得意そうにニヤニヤしていた。

「どうも、お見それ致しました」

源兵衛が、庭の赤土の上に這いつくばった。その肩や張った肘が、音を立てんばかりに震えていた。美代と新蔵の姉弟も、恐怖の眼差しで互いに手を取り合っていた。ドサ帰りという言葉で安五郎の前歴が、堅気の美代や新蔵にもわかったのである。『さ』の字の入墨の意味も、いま初めてのみ込めたのに違いなかった。

源兵衛をはじめ、美代や新蔵たちが恐れ戦くのは当然のことであった。ドサ帰りとは佐渡帰りの意味で、当時はそう聞かされただけでかなりの貫禄を具えた渡世人でも顔色を失ったと言われている。大前田栄五郎もそのドサ帰りのひとりだが、それだけのことでも一生の自慢話になる渡世人や無宿者の世界での最高の勲章だったのだ。

つまり、そのくらいの稀少価値を、認められていたのである。この世の地獄とされていた佐渡から、生きて帰って来ることは不可能に近かった。人間の命など一文の値打ちもないような地底の修羅場で、荒くれ男たちばかりの異常な体験を積み、挙句の果てに佐渡の島から脱出できるというのは五百人にひとりもいなかった。

江戸幕府が江戸、大坂、長崎などから逮捕した無宿者を佐渡の金山へ送り込む施策を実行に移したのは嘉永四年より七十三年を遡る安永七年のことである。その頃すでに佐渡の金山は地底深く掘り進まなければ、採鉱が十分ではなくなっていた。地底深く掘り進めば、それだけ地下水が多くなる。当然、水替《みずかえ》と呼ばれている排水人夫を、大量に必要とした。

しかし、太陽も空もない地底で、水につかりながらの重労働は非常に苦しい作業であった。職業としてその人夫にはなり手がなく、水替の労働力不足は深刻化する一方だった。そこで幕府が考えたのが、一般世間に蔓延《はびこ》ってその始末に困っていた無宿者たちを捕え、佐渡へ送って水替の強制労働をさせようという一石二鳥の案だったのである。

やがて江戸を中心とした関八州、大坂、長崎などで無宿人狩りが始められた。前科があり性格も凶暴で再び罪を犯す恐れがある者、年齢が二十歳から四十歳までの健康な男六十人が第一陣として、安永七年の七月に佐渡へ送られた。無罪無宿の名目だったが、一行は腰縄、手鎖で縛られた上に囚人護送用の唐丸籠に押し込められて佐渡へ向かった。

そのうちに無罪無宿だけではなく、有罪で追放刑になった者たちまで佐渡へ送られるようになった。佐渡金山は、命知らずの無法者の巣と化した。それなりに監視の目も鋭くなり、待遇も畜生並になった。単なる流人《るにん》扱いではなく、冷酷で悲惨な刑務所での囚人であった。

島人や流人とはっきり区別され、厳重な竹矢来で隔絶された水替小屋に監禁される。地底では、二十四時間交替の水替作業であった。一昼夜を通して水の中につかり、地下水を汲み続けるのだった。怠けたりすれば、恐ろしい体罰や拷問が待っている。病気になれば、死ぬほかはない。

鉱山には坑内での火事や、落盤が付きものである。そうした事故で、死ぬ者が続出した。生きる希望さえない気の荒んだ犯罪者ばかりだから、ちょっとしたことから喧嘩になり人殺しが絶えなかった。島からの脱走を計っても、所詮は逃げ切れない。逮捕されれば軽くて死罪、殆どが磔《はりつけ》か獄門であった。

ただ水替小屋から抜け出しただけでも厳罰に処せられるし、その上強盗や傷害事件を起せば死罪になる。仕事を怠ければ殴る蹴るは当たり前のこと、傷口に砂をなすりつけるとか両腕を背後へ回して肩のほうへ締め上げて殴るとか、九十センチ四方より小さな箱へ数日間も押し込めておくとかいう残酷な拷問もあった。

帰国したい一心から、真面目に働き続けても刑期終了という明確な保証はない。十年未満の者は帰国を認めないと決めたり、十年以上働いても身元引請人がいないという理由で帰国申請を却下したりで、江戸幕府は何とか永久追放にしようと努めたのである。寛政三年に初めて六人が帰国を許された以後、ほんの二、三回しか帰国許可の記録は残っていない。

真面目一方の男たちでも、そうした有様だった。重い前科がある者や佐渡へ来てから罪を犯した男たちにとって、この地獄を抜け出すことは絶望的であった。鬼坊主の安五郎が見せた入墨は、佐渡へ送られてから微罪を犯してその烙印を押されたという証拠なのである。

地獄で十数年間も生き続け、その上脱出は不可能とされている佐渡から逃げ出して来た。そうした男が、渡世人の世界で睨みを利かせ畏怖されるというのは無理もないことだった。ドサ帰りと『さ』の字の入墨は、大物中の大物で恐るべき男であることを立証するのであった。

「おい、そこの乞食野郎、おめえは、ヤケに落着いているじゃねえか」

韋駄天の亀吉が虎の威を借りたキツネで、肩を怒らせながら長次郎に声をかけて来た。

「ドサ帰りのおにいさんには、初めてお目にかかったもんでね」

長次郎は、表情のない声でいった。

「ところで、おめえはどこの何者なんだ」

思い出したように、眉をひそめて亀吉はそう訊いた。

「こちらは、わたくしの知っている方で、たまたまそこの街道筋でお会いしたのでお連れしたんでございます」

新蔵が一歩前へ出て、弁解がましく説明した。

「おれたちを追い払うために、雇った用心棒なんだろう」

鬼坊主の安五郎が、畳に膝をついて長脇差へ手をのばした。

「いいえ、決してそんなつもりではございません」

新蔵が慌てて、押し留めるように安五郎のほうへ両手を差し出した。

「度胸もすわっているし、腕も立ちそうだぜ」

安五郎は横目で、隙を窺うように長次郎を見やった。長次郎は、安五郎の視線を避けた。何を考えているのかわからないような顔で、長次郎はぼんやりと空を見上げた。

「お願いでございます」

いきなり立ち上がった美代が、安五郎のところへ走り寄った。

「どうぞ、佐渡の金山がどんなところか、お聞かせ下さいまし」

美代は地面に両手を突いて、安五郎を仰ぎ見た。当の安五郎はもちろん、亀吉も、長次郎も、十文字屋の亭主源兵衛も唖然となった。堅気の商家の女房が、なぜこの世の地獄と言われる佐渡金山での無宿者の生態に、興味を持ったりするのだろうか。美代がひどく真剣なだけに、誰もが不審に感じたのである。新蔵だけが、沈痛な面持ちでいた。

「とにかく、部屋を変えて落着かれたらいかがでしょうか。安五郎親分さんにも改めてお詫びがしたいし、わたくしが一席設けますので……」

源兵衛が、小料理屋の亭主らしい言動に戻って、一同を見回した。

3

二階の広間に席を移してからの、美代と新蔵姉弟の告白は意外なものであった。美代がまず、姉弟がどんな目的で今度の旅に出たのかを明らかにした。美代は最初から、涙声であった。

「わたくしどもがなぜ、武州熊谷から太田、大間々と遠回りの旅に出たのか合点がいかないことと存じます。それは、中山道を避けなければならない理由が、あったからなんでございます」

美代は、それだけ言うと口を押さえた指の間から、嗚咽を洩らした。

「どんな理由があったのか、聞かせねえな」

安五郎が盃を口へ運びながら、美代の憔悴した横顔を凝視した。

「実はわたくしの夫が、今日江戸を発ちまして、佐渡へ送られるのでございます」

「妙な話じゃねえか」

安五郎が、首をかしげた。確かに、頷けない話であった。美代は武州熊谷の織物問屋、増井屋の嫁のはずである。とすれば、美代の夫は増井屋の跡取り息子ということになる。堅気でしかもレッキとした商家の若旦那が、佐渡へ送られるということなどあり得ないのだ。

佐渡へ送られるのは無宿者、つまり戸籍から除かれた人間に限られているのである。織物問屋の若旦那が、無宿人であるはずがなかった。

「そのあたりに、いろいろと深い事情がございまして……」

美代の弟であり、増井屋の手代である新蔵が話を続けた。美代の夫要助は、増井屋の長男であった。ところが要助は先妻の子であって、二つ違いの妾の子がいた。先妻が死ぬとその妾が、本妻に直った。現在の増井屋の大奥さまとしては、当然のことながら身代を自分の子どもに継がせたかった。

要助と美代の間に子ができないことも好都合であり、義母はいよいよ夢の実現に乗り出した。要助を、増井屋から追い出せばいいのである。義母は要助に水商売の女を囲うようにすすめ、店の金三百両を与えておいて、逆に身持ちが悪いと騒ぎ立てた。気の弱い要助は、弁明することができなかった。

悪い女に引っかかり店の金を三百両も持ち出したという口実ができたし、要助の実父もそのことを信じてひどく怒った。それで、要助を久離《きゅうり》にまで追い込めたわけだった。久離とは離縁のことであり、出奔久離と追出《おいだし》久離の二種類があった。出奔久離は現在の失踪宣告である。要助の場合は追出久離のほうであって、いわゆる勘当だった。

久離は親族が願い出て名主が承認し、代官所が許可することでその効力を発した。実父はそこまで考えていなかったが、義母の工作が功を奏して要助は追出久離となった。要助はこの四月に、遠縁の者を頼って江戸へ去った。要助は、運が悪かった。江戸について間もなく、要助は賭場へ誘われてそこで起った殺傷事件に巻き込まれてしまったのだった。

要助はやくざ者たちと一緒に逮捕され、その仲間と見做された。追出久離になった上、その頃の要助はすでに帳外、宿場からの願いで人別帳に載っていない無宿人となっていたのである。要助は前科者として入墨をされ、佐渡へ送られることになった。役人から一喝されれば、気の弱い者は口もきけなかったという時代であった。

「義兄は、無実の罪で佐渡へ送られるのでございます。どうすることもできませんが、せめて遠くから顔を見るだけでもと姉はこの度の旅を思い立ちまして……。それには中山道を避けて、つかず離れず追って行こうということになったのでございます」

新蔵が口惜しそうに、幾度も自分の膝を拳で叩くようにした。美代は、涙を拭いながら間歇《かんけつ》して肩を震わせた。ほつれ毛が、痛々しい感じだった。要助の妻として、義母からいろいろと虐待されただろうし、苦労も多かったのに違いない。彼女自身も近々、増井屋を追い出される運命にあるのかもしれない。

しばらくは、口をきく者がいなかった。いかに矛盾の多い時代でも、要助と美代の残酷な悲劇に同情せずにはいられなかったのだ。今日江戸の板橋口を出発して、二十二人の無宿者が佐渡へ送られるということは周知の事実だった。囚人護送は街道筋の村々が負担して人足を雇うのだし、そのために飛脚が先触れして歩くから、事前に佐渡送りが来るぞとわかるのである。

蟬が鳴き続けている。六人の男女は、思い思いのポーズで沈黙を守っていた。部屋の空気が、重苦しくなった。美代や要助には同情するし、権力者に対しても大いに憤慨している。しかし、それ以上は、どうすることもできない。話を訊き出した人間としての、責任と苛立たしさを感じているのだった。

「まったく、無茶なことをやりやがる。大した悪事も働いてない人間を、問答無用で地獄へ送り込むなんて……」

十文字屋の亭主源兵衛が、乱暴に団扇《うちわ》を使いながら大きな舌打ちをした。

「佐渡へ行けば、そうした連中が何人も送られてきているさ」

安五郎が経験者らしく、当然だというように鼻先で笑った。

「他人の女房と駆け落ちしたから、腹が減って饅頭を一つ盗んだから、拾った金をそのまま懐へ入れたから、追放された郷里へついフラフラと帰って来ちまったから……。そんなことで佐渡送りになったやつらは、別に珍しくはねえ。しかし、そういう連中に限ってひ弱いから、佐渡へ来れば長くは続かねえな。病気になるか殺されるか、さもなければ気が狂うかだ」

安五郎は、佐渡のことは思い出したくないというように、小井に注いだ酒を一息に呷《あお》った。美代がハッとなって、安五郎のほうを見た。要助も佐渡へついたら長くは生きられないと、安五郎に断言されたのも同じだったからである。

「それで、おかみさん。ご亭主のあとについて、越後の寺泊《てらどまり》あたりまで行きなさるおつもりですか」

源兵衛が、美代のほうへ向き直った。

「はい。佐渡へ向かう船を見送るまでは、と思っております」

美代は目頭を押さえて、顔を伏せた。

「そんなことをして、いったいどうなるっていうんでえ。尚更、未練が残るだけの話じゃねえか」

鬼坊主の安五郎が、ゲップとともに酒臭い息を吐いた。

「でも、それがせめてもの……」

「目籠が江戸を発ったら最後、この世の地獄へまっしぐらだ。そんなものを見送ったって、何の供養にもなりはしねえ。まあ、人間は諦めが肝腎だぜ」

「供養ですって……！」

「そうよ。おめえの亭主はな、もう仏になったのも同じなんだ。身動きもならねえせまい穴の中で、糞や小便が流れ込んだ水に胸までつかり、吐き気のするような匂いを我慢しながら一昼夜働き通す水替人足が、織物問屋の若旦那に何日勤まるかっていうんでえ」

　安五郎は窓の外へ唾を吐き、また小丼の酒をガブガブやった。再び、沈黙が訪れた。それぞれが何となく目を膝に落し、動こうともしなかった。ときどき、汗を拭く手が上下するだけだった。日がやや西に傾いて、部屋の中が赤っぽく明るくなった。それが、この場の雰囲気を沈澱したものにさせた。

「おかみさんとしちゃあ、もちろん諦めのつかねえことでしょうね」

　長次郎が初めて、口をきいた。眠そうな声だった。事実、長次郎は床柱に凭れて、目を閉じていた。

「そりゃあ、もう……」

　新蔵がそう言い、美代も深く頷いた。

「だったら、残された道は一つしか、ござんせんね」

　長次郎は、腕を組んだまま彫像のように動かなかった。酒にはまったく手を出さず、盃も伏せてあった。

「残された道、と申しますと……」

新蔵が改めて、怪訝そうに長次郎を振り返った。

「目籠破りをして、旦那を救い出すんでござんすよ」

長次郎は、無表情で呟くように言った。ほかの五人の男女が、一斉に姿勢をくずした。長次郎の言葉に、誰もが激しい衝撃を受けたのであった。目籠、つまり囚人護送用の唐丸籠を襲撃することが、いかに大罪であるかを知らない者はいなかった。しかも、それは大胆不敵な行動であり、成功率もゼロに等しかった。

囚人自身が目籠を破って、逃走を計るという例は少くない。しかし、この場合も無事に逃げられたという結果は、殆ど出ていないのである。ましてや白昼、護送隊の行列を襲撃して囚人を奪い取ることなど、不可能に近かった。正規の役人の数は少ないが、雇われた人足や護衛が大勢いる。

夜は宿場の特別な施設に収容されて不寝番もつくから、接近することすら困難だった。どうしても白昼、街道筋で襲わなければならない。旅人や通行人の目の前で、犯罪を行うようなものだった。失敗すれば、死罪は免れない。割りが合わない仕事であった。

比較的、目籠破りの実例が少いのも、そのせいだった。佐渡送りの目籠を襲って囚人を奪ったという例も、記録にはわずか一例しか残っていない。それも後日、全員が逮捕され死罪になっている。だから、目籠破りという長次郎の提案に、五人の男女が愕然となったのも当然のことだったのだ。

「長次郎とか言ったな。おめえ、本気なのかい」

安五郎が、薄気味悪いものでも見るような目で言った。

「本気さ」

長次郎は、閉じた目を開こうとはしなかった。

「ふん、酔狂な野郎だぜ。この姉弟のために、命を投げ出すっていうんだからな」

「タダじゃあ、やらねえ。五両や十両は、もちろん頂けると思ってね」

「乞食野郎の考えそうなことだ。おれは、百両出されても断わるぜ」

「ドサ帰りの、おにいさんらしくねえな」

「何だと！」

「この世の地獄から抜け出して来た人間に、怖いものはねえはずだ。それに佐渡で死んだと思えば、いまのおめえさんはオツリで生きているようなもんだ。そんな命は、惜しかねえだろう」

長次郎は、口許だけで冷やかに笑った。安五郎は、言葉に詰まった。ドサ帰りを振りかざした手前、あまり弱いところを見せるわけにはいかないのだ。

「安五郎親分、そりゃあこちらの長次郎さんの言ってなさることのほうが道理ですよ。親分は、佐渡の地獄がどんなに恐ろしいところか、よくご存知なんでしょう。そんな地獄へ無実の人間を送り込んでいいものかどうか、親分にはおわかりのはずでございます」

源兵衛が身を乗り出して、熱っぽい口調で言った。

「やかましいやい。小料理屋の亭主が出る幕じゃねえ」

安五郎が、額の血管を怒張させて大声を張り上げた。

「いいえ、親分。こうなったら、わたしも黙っちゃいませんよ。何もしてない男が佐渡送りになるなんて、わたしの身体を流れている赤い血が許しません。わたしは十年前までの駒形の源兵衛に戻って、片肌でも両肌《もろはだ》でも脱ぎますよ」

源兵衛は興奮気味に、忙しく両手を動かしながら腰を浮かせた。

「おれだって、やらねえとは言ってねえんだ。おれが、その気になれば……」

安五郎は右袖を、肩のあたりまでまくった。その右手の『さ』の字の入墨を軽く叩きながら、安五郎は一座を睥睨した。

「兄貴、一丁やろうじゃねえか」

安五郎の横で、亀吉がしきりと勇み立っていた。

「どうやら話は決まったようだが、おかみさんや新蔵どんはどうなんでござんすかい」

長次郎が目をあいて、美代と新蔵のほうをもの憂く見やった。美代は緊張した面持ちで、宙の一点を凝視していた。新蔵はすでに決心がついているらしく、固い表情で白くなるほど唇を嚙みしめている。

「念のために、言っておきやすがね。目籠を襲ったら最後、おかみさんも新蔵どんも二度と熊谷の増井屋へは戻れませんよ」

長次郎が言った。

「そんなことは一向に構いません。是非とも、お願いしたいと存じます」

新蔵が、男たちに向かって頭を下げた。

「新蔵！」

美代が、悲鳴に近い声を上げた。

「いや、姉さん。こうなったらもう、みなさんのお力に縋って、義兄《にい》さんを助け出すほかはない」

新蔵が、激しく頭を振った。美代は力なく頷いて、そのまま畳に両手を突いた。

「上州一円の、街道筋の図面が欲しいんですがね」

長次郎が、源兵衛に言った。源兵衛は慌てて部屋を出て行き、間もなく戻って来た。上州を通っている街道と宿場が記されている地図を、源兵衛は卓上に広げた。その地図を中心にして、六つの頭が集まった。今度の佐渡送りが、三国《みくに》街道を行くことは誰もが知っていた。

江戸から佐渡への島送りの経路は、三本に決められている。最初は信州路と三国路の二本だったが、やがてそれらに会津路が加えられた。街道沿いの村々に負担をかける関係もあって、この三本の経路を毎年順ぐりに利用することになっていた。今年は、三国街道がその順番に当たっていたのだ。

信州コースは江戸から中山道を行き、現在の長野県軽井沢のすぐ先にある追分《おいわけ》宿で北国街道へそれる。そのあと小諸、上田、善光寺、野尻、高田を経て、新潟県の出雲崎から佐渡へ渡る。会津路は江戸から北上して福島県の白河から西寄りに向かい、長沼、若松、津川、赤谷とすぎ、新潟県の新発田《しばた》に出て現在の新潟市から佐渡へ渡るのである。

三国街道コースは、中山道を高崎でそれる。高崎から真北へ向かい、金古《かねこ》宿を経て渋川へ出る。現在の国道十七号線とは、かなり違っている。渋川から先も、国道十七号線や上越線の線路よりはるか西寄りの山道で、中山、須川と真直ぐ北上する。あとは浅貝、湯沢、五日町、堀ノ内、長岡を抜けて、寺泊から佐渡へと海を渡るのであった。

江戸から佐渡までの所要日数は、信州路が十四日間乃至《ないし》十六日間、会津コースが十八日間あるいは二十日間、三国街道経由が最も早くて十一日間前後である。三国街道を行く場合、江戸の板橋口を出発してその夜は大宮泊り、翌日は熊谷泊り、次は倉賀野泊りと考えてよかった。

「倉賀野の次は、中山宿で一泊か……」

長次郎の指先が、地図の上の街道沿いに移動した。高崎で中山道と分かれ、長次郎の指先は真直ぐの線を進んだ。金古、渋川、北牧と、榛名山の東の麓に沿って三国街道は北上していた。北牧をすぎると、須川まで山の中を行くことになる。その一帯は左右から細長い平野部にはさまれて、十二ガ岳、小野子山、子持山といった千メートル以上の山が広がる山岳地帯である。

三国街道はその中央部を貫いて、山々の谷間伝いに北へのびている。その途中で、峠越えをしなければならない。標高七百九メートルの中山峠であった。この中山峠を越えると、山道は下りとなり一里半で中山宿へ出るのだった。

「四日目の夕方近くに、目籠の行列は中山峠にさしかかる」

鬼坊主の安五郎が、ゴクリと音を立てて唾をのみ込んだ。

「襲いかかるには、中山峠がいちばんいいと思いますよ」

源兵衛が、安五郎と長次郎の顔を交互に見やった。長次郎の指先が、中山峠とある△印の上でピタリと止まった。その死人のように表情のない長次郎の顔を見て、何人かが泣いたあとみたいな微かな吐息を洩らした。

窓の外で、風鈴がチリンと鳴った。

4

二日後の午前中に、一行六人は駒形村の十文字屋を出発した。玉村へ向かい、玉村から間道伝いに萩原、総社、八木原と抜けて渋川へ出た。その日は、渋川泊りであった。

噂によると二十二挺《ちょう》の目籠と護送の一隊は、予定通り進んで来ているということだった。

翌朝五ツ半、つまり午前九時に長次郎、安五郎、源兵衛、亀吉の四人が渋川をあとにした。美代と新蔵は一足遅れて、駕籠やら馬やらで追って来ることになっていた。四人はそれぞれ振り分け荷物を肩にかけて、菅笠をやや顔のほうに傾けてかぶっていた。これからの道中が長い旅人と、見せかけるためであった。

四人とも、腰に長脇差《ながどす》を落している。本来ならばそれも隠したいところだが、真夏なので引き回しの道中合羽を用いるわけにはいかなかった。長次郎と安五郎だけが肩を並べて歩き、源兵衛と亀吉はバラバラに遠く離れてそれに従った。徒党を組んでいると見られるのを、恐れたのであった。中山峠まで関所もないが、用心が必要だった。

渋川が遠のくと、前方に波打つ山々が迫って来た。水田や畑がなくなると、山道にはいった。谷間の道だが、カーブが多くてかなり急な上りであった。両側に山の稜線が続き、濃淡の緑が暑さを忘れさせた。今日もよく晴れた夏空で、谷間を行くときはせまく、視界が開ければ広大になった。

襲撃の手筈は、十分整えられていた。中山峠で目籠の列を待ち受け、長次郎と源兵衛が前から、安五郎と亀吉が後ろから襲いかかることになっている。目籠はできるだけ多く、打ち破らなければならない。大勢の囚人が逃げ出せばそれだけ混乱がひどくなり、同時に誰を救出するために襲ったのかわからなくなるからだった。

助け出した要助は、美代と新蔵が連れて逃げることになっていた。中山峠の北西の斜面を下ると、照蓮寺という古寺がある。そこへ、逃げ込むのであった。ほかの四人も、その照蓮寺に引き揚げて来る。あたりは山狩りなども行われて、二、三日は探索が続けられるだろう。

しかし、逃げた方向は南と、推測されるはずである。北へ向けて運ばれて行く者が脱走したのだから、その反対の方角へ逃げるのが人間の心理であった。ましてや、次の止宿先だった中山宿などへ、逃げ込むはずはない。ところが、要助と彼を救出した六人は、中山宿からさして遠くないところにある古寺に潜伏しているのだった。

「おめえさんも、佐渡では辛い思いをしたんだろうな」

歩きながら、ふと長次郎が言った。

「行ってみねえと、わからねえ苦労だ。死ぬと観念したことだけでも、数えきれねえほどあるぜ」

安五郎は、誇らしげにニヤリと笑った。

「何か、思い出話でも聞かせてくれねえかい」

長次郎が、歩きながら楓の葉をむしり取った。その顔が、青く染まった。道の両側から樹木の枝が張り出していて、緑色のトンネルの中を行くようだった。旅人たちも、汗を拭ってホッとしたような顔をしていた。馬に乗った女が木の枝をよけて、手拭いをかけた頭を低くしながら行くのも、のんびりした街道風景だった。

長次郎が雑談を交わす気になったのも、のどかな視界に思わず緊張感を解いたからだろう。この無口な渡世人が、急に若返ったような感じだった。

「いい思い出話っていうのは、一つもねえが……」

安五郎は、気難しい顔になった。

「地面の下の坑内っていうのは、寒いんじゃねえかい」

「寒さも、暑さもねえ。水替は、一年中裸で藁の帯をしめているんだ」

「藁の帯か」

「こいつは、いざという場合の備えさ。岩がくずれて生き埋めになったとき、助け出されるまで何日もかかるだろう。その間は、藁の帯を嚙んで飢えを凌ぐのさ」

「なるほど……」

「穴も、深くてな。一間半の梯子で百五十本も下ったときは、威勢のいい悪党も真青な顔になりやがった」

「その底で一昼夜、水替をやらされるのかい」

「そうよ。たまに役人が見回りに来ると、面白いことになる。役人どもは、笠で顔を包んで来やがるのさ」

「そりゃまた、どうしてなんだ」

「大小便のまざった水が、顔にかかるじゃねえか」

したり顔で、安五郎は頷いて見せた。長次郎は声を立てずに、肩を震わせて笑った。

渋川から約五里、急がず歩いて八ツ半に中山峠の頂上に出た。渋川から六時間ほどの道程だった。峠の頂上は、風が強かった。茶屋が、二軒離れたところにあった。

西に十二ガ岳と小野子山、東に子持山が横たわっている。子持山の彼方に見える山影は、赤城山であった。いい眺めだった。だが旅人たちは峠路で足をとめようとしなかったし、茶店に寄ろうともしない。もう午後三時である。急がなければ、次の宿場につく前に夜になる。

やがて、美代が馬に乗り、新蔵がそれに付き添って到着した。馬子は、すぐ引き返して行った。二軒の茶店も、店じまいを始めた。午後四時をすぎると、中山峠を越える旅人の姿は疎らになるのだった。しかし、それは襲撃者にとって、都合のいいことだった。新蔵の話によると、佐渡送りの一行は予定より遅れて、間もなく中山峠の上りにさしかかる頃だという。

六人は、無人の小屋となった茶店の裏側に身をひそめた。新蔵が安五郎と亀吉、それに長次郎に一両小判を十枚ずつ配った。所持金は、それで全部のようであった。十文字屋の源兵衛だけが、金には困っていないと言って受け取ろうとしなかった。

「まったく、妙なことになっちまったよ。あの女をモノにしようとしたのが、逆にたったの十両で目籠破りをすることになったんだからな」

安五郎が、十枚の小判を眺めながら愚痴をこぼした。その愚痴が聞えたのか聞えないのか、美代は少し離れたところでこっちに背中を向けていた。

「しかし兄貴、男になるためには仕方ねえだろう」

亀吉が長脇差に手をやりながら、ひどく深刻な顔つきで言った。

「男になるだと？　この若造が、聞いたふうなことを抜かすない！」

安五郎は、亀吉を突き飛ばした。

「わたしは、そうは思いませんね。安五郎親分の心の底には、まだ弱い者に味方するっていう気持が生きているんですよ」

源兵衛が、感慨深げに言った。

「もっともらしいことを、言いやがって……」

安五郎は、右に左に歩き回りながら苦笑した。

「佐渡がどんなところか、そこでどんなひどい仕打ちを受けたか、親分はよく知っていなさる。だからこそ他人にもそんな苦しみを味わわせたくないって、心が通じ合うんじゃございませんか。足を洗ったはずのわたしがこんな気になったのも、みなさん同様にお役人が大嫌いだからなんですよ」

源兵衛はなかなか雄弁で、表情も言葉も真に迫っていた。

「おめえは、どうだい」

安五郎は持て余し気味に、長次郎のほうを振り返った。長次郎はそれには答えず、沈みきった横顔を見せてしゃがみ込んでいる美代に近づいて行った。その気配に美代はチラリと長次郎を見上げたが、すぐまた恥じ入るように視線を元へ戻した。眼前の山肌に、流れる雲の影が落ちていた。

「おかみさん、生まれも熊谷でござんすかい」

美代の脇に立って、長次郎も茫漠たる山のある風景に視線を投げた。

「いいえ、熊谷在でございます」

美代は華奢な感じのする白い襟首を見せて、弱々しくほつれ毛を掻き上げた。

「熊谷在か」

長次郎は、遠くを見やるように目を細めた。

「酒巻というところで、在と申しましても熊谷宿から三里ほど東の、利根川べりにある村が生まれ故郷でございます」

美代は立ち上がって、両手を胸の前で軽く組み合わせた。

「そこで生まれ育って、熊谷の増井屋へ嫁入りなさったんでござんすね」

「はい。十八のときまで、酒巻におりました」

「今度のことがあれば、酒巻というところの実家へもすぐ手配がいきますよ」

「その点は、心配ございません。酒巻の実家は、わたしが熊谷の増井屋へ嫁入りする前に人手に渡り、いまは親類縁者もおりませんので……」

「すると、親御さんたちは……？」

「父はわたしが十六のとき、家の近くの土手から利根川へ落ち込み水死しました。秋の初めのひどい嵐の晩で、利根川の流れも狂ったように……。翌年、母が病気で亡くなったんでございます」

「なるほどね。そうなると例え無事に要助さんを奪い返せたとしても、これからは大変な苦労が続くことになりやすね」

「でも、みなさんのお力でこうすると決まったときから、わたしの覚悟はできております。あの人だけを地獄へ追いやって、わたしひとりが生きていても仕方ございません。死ぬときも一緒というのが、夫婦《めおと》だと思っております」

美代は、やや頬のあたりを紅潮させた。何かに憑かれたように、ひたむきな女の顔であった。外見はおとなしそうで頼りない美代だったが、そうした女は芯が強いのかもしれない。激しい情熱を内に秘めていて、心が決まれば死も辞さないという女はよくいるものだった。

「新蔵から聞きましたけど、どなたかを捜してアテのない旅をお続けだそうでございますね」

美代がふと、眩しそうに長次郎を見やった。一瞬、女の甘さがその口許に漂った。

「捜しているわけじゃねえんです。ただ、ひょっとすると、その女の噂を耳にすることもあるんじゃねえかと思って、歩き回っていただけで……」

長次郎は、冷やかな表情で言った。その眼差しに、意志というものを失った人間の空漠感があった。

「やっぱり、女の人をお捜しで……」

そう言ってから、美代は照れ臭そうに顔を伏せた。

「柄にもなく、とおっしゃりたいんでしょうね」

「とんでもございません。誰にでも一生に一度という相手が、いるものでございましょう」

「あっしにとって文字通り、一生に一度の女でしてね」

「めぐり会えそうに、ないんでしょうか」

美代は、同情するような目になった。

「多分ね。あっしの一生は、その女のことから始まり、その女のことで終わりそうな気がしやしてね。渡世人の一生とは、所詮そんなものでござんすよ」

長次郎は、髭の中で白い歯を覗かせた。自嘲するように、虚無的な笑いだった。

「長次郎さん、気付けに一杯どうですか」

源兵衛が瓢《ふくべ》と小さな盃を持って、長次郎と美代の間に割り込んで来た。長次郎は、首を左右に振った。

「こういうときの酒は、百人力にもなるんですがね」

源兵衛は残念そうに、瓢と盃を見守って首をひねった。

「酒はいけねえ」

長次郎は、源兵衛に背を向けた。

「そう言えば、駒形のわたしの店でも、酒には口をつけませんでしたね」

「もう十何年、酒からは遠ざかっているんでね」

「身体に、合わないんですか」

「酒を飲んでいたばっかりに、考えてもいなかった人殺しを働いたのさ。今日のこの姿は、酒が因《もと》でというわけでね」

「そうだったんですか。そいつはどうも、悪い夢を思い出させたりして……」

源兵衛は、頭を下げた。そのとき、亀吉が何やら叫んだ。一同は、亀吉が指さすほうへ視線を集めた。一段下の峠路を、行列が上って来る。先頭に三人の役人が立ち、二十二挺の目籠がそのあとに続いていた。列の両側を雇われた屈強な男たちが人足同様の恰好で、長い棒を片手に警固している。更に最後尾にも、正規の役人が二人いた。

「亭主がどの目籠に乗っているか、よく見極めるんだ。佐渡へ送られてから十年もすれば別人のように人相が変わっちまうが、いまならまだ亭主の顔がはっきりわかるはずだぜ」

安五郎が、美代に言った。手筈通り、安五郎と亀吉が行列の後部を襲撃するために、所定の位置についた。源兵衛が長次郎を促して、中山峠の降り口のほうへ走り出した。

「あっしは、おかみさんに心から思われている要助というお人が、羨しいですぜ」

そう言い置いて、長次郎は源兵衛のあとをゆっくりと歩き出した。その後ろ姿に、寒々とした孤独な翳《かげ》りが漂っていた。

5

目籠は、高さが一メートル近くある。これを琉球むしろで包み、前後に食物を出し入れする穴があけてあり、台の板にも大小便を落す隙間が作つてあったという。その中で囚人は終始柱に縛りつけられたまま、道中を続けるという苛酷なものだったらしい。しかし、唐丸籠そのものは、特別頑丈ではなかった。

目籠を蹴倒し踏みつけ力まかせに上の部分を引っ張れば、下の板との継ぎ目がちぎれるか籠が壊れるかで、容易に囚人は外へ出られた。あとは、囚人の手を縛っている縄を切ってやればいいのだ。そうすれば、囚人自身の手で柱の縄を解いて、好きな方向へ逃げることができるのである。

目籠の行列は中山峠の頂上で、一息入れた。人足たちが目籠を地面におろし、少し離れたところで肩を揉み合ったり深呼吸したりする。それは襲撃する側にとって、絶好のチャンスであった。一休みするときの人間は、警戒することを忘れている。佐渡送りの囚人奪還のために誰かが襲って来ることなどあり得ない、という先入観が働いているから尚更である。

長次郎と源兵衛、安五郎と亀吉の二組は、まったく同時に前後から襲いかかった。長次郎を除いた三人は、長脇差を振りかざし野獣のように咆哮しながら突進した。目籠を担ぐ人足四十四人は、一斉に逃げ出した。もともと供出を命じられて、渋々村から出て来た連中なのだから白刃を見ただけで無責任に逃げるのは当然だった。

刃向かう相手は正規の役人五人と、警固に雇われた十人ほどの人足たちであった。正規の役人と言っても宰領者を除けば、武士には程遠い足軽連中である。警固のための雇われ人足となるとそれ以上に頼りなく、形勢不利と見ればクモの子を散らすように四散するに違いなかった。

安五郎と亀吉が、五、六人を相手に長脇差を振り回している。長次郎はまず、先頭にいた足軽らしい役人二人を右と左に斬り倒した。宰領者と思われる武士が抜刀して、長次郎と相対した。人足たちは棒を構えて、二人を遠巻きにしているだけだった。

源兵衛が次々と目籠を打ち破り、素早く囚人たちの手の縄を切断した。五十に近い男とは思えないほど、敏速な行動であった。目籠から脱出した無宿者は、あとも見ずに逃げて行った。逃げる方向は言い合わせたように、上って来たばかりの南の峠路であった。

長次郎が、宰領者である武士を斬り捨てた。武士の左腕が地上に転がり、夥《おびただ》しい量の血が白っぽい土を黒く染めた。武士は地面を転げ回り、泣いているような声を発した。それを見ると、警固に雇われた人足が三、四人バラバラと走り出した。それに釣られて、五人ほどがそのあとを追った。

最後尾では、安五郎と亀吉が二人の足軽を相手に苦戦を続けていた。長次郎は、それを助けに走った。走りながら長次郎は、美代と新蔵が囚人のひとりを左右からかかえるようにしているのを、目の隅で捉えた。無事、要助は脱出したらしい。源兵衛ももう、目籠破りをやめていた。

「おれたちのことも、頼むよ！」

「助けてくれ、お願いだ！」

手つかずの目籠の中から、囚人たちが口々に叫んでいる。源兵衛が打ち破ったのは十五挺の目籠で、まだ七挺がそのままで残っていた。だが、目的はすでに果したのである。これ以上、目籠を破って囚人を逃がしてやる必要はなかった。

「逃げろ！」

源兵衛が叫んだ。美代、要助、新蔵の姿は、早くも中山峠の頂上から消えていた。源兵衛も、中山峠の北西の斜面に向かって走っていた。太陽は、完全に西に傾いている。風が唸り声を上げ、木の梢が騒ぎ立てた。手つかずの目籠の影が地上にのびて、外を覗こうとする囚人たちの顔が異様に赤かった。

長次郎は背後から斬りつけて、足軽のひとりの後頭部を割った。亀吉が、走り出して姿を消した。残ったもうひとりの足軽が、地面にすわり込んだ。戦意を喪失したのである。紙のような顔色をして、ブルブル震えている。安五郎がその足軽の胸に、長脇差を突刺した。

足軽は、声を立てなかった。哀しそうな顔になり、次の瞬間にガックリとのめり込んだ。安五郎は肩で荒い息をしていたが、ふとわれに還ったような顔になり慌てて駆け出した。長次郎は、あたりを見回した。五人の役人と二人の人足が、血に染まって静かに横たわっていた。

救出されなかった囚人たちも、いまは沈黙していた。自分の立場よりも、目の前で行われた壮絶な血闘のほうに恐怖を感じているのだった。風の音が、また強くなった。怒号も悲鳴も絶えて、嘘のような静寂であった。長次郎は、遠くの山々を眺めやった。間もなく日没である。

赤く照らし出された中山峠の頂上を、長次郎は憮然とした表情で北西の斜面へ向かった。その斜面は、鬱蒼とした樹海で被われていた。ほかの連中が、どこをどう逃げたかは見当もつかない。道らしいものもなかった。長次郎は日没の位置から、北西と思われる方向へ山を下って行った。

ひどく無駄なことを、したような気がする。一同の集合場所となっている古寺へ、行く必要もなかった。もう用はすんだのだ。このままどこへ行こうと、長次郎の勝手であった。だが、一つだけ気になることがある。美代に心の底から愛されている要助という男を、一度見てみたかったのだった。

やがて樹海が若木の雑木林に変わり、それが広い竹藪に接続した。自然にできたらしい小径に出た。すっかり夜になって、闇が厚かった。それでも竹藪の奥に、苔むした古い石垣があるのがわかった。形ばかりの山門があって、額に『照蓮寺』とあるのが読めた。朽ち果てた山門は、いまにも崩れそうである。

境内には雑草が生い茂り、庫裡《くり》や本堂らしい建物が見えたが明かりは目に触れなかった。どうやら、無人の古寺らしい。しかも、亀吉や安五郎たちよりも、先についてしまったようである。長次郎は、庫裡の裏手へ回ってみた。

その足がとまった。虫の声とは違う音が、聞えたのであった。人間の息遣いと、それにまざって水滴が落ちるような音がするのだ。長次郎は、あたりに目を配った。右手が、長脇差の柄にかかった。目の前の雑草が、微かに揺れた。

崩れ落ちた庫裡の壁の向こうに、誰かがいる。そこは庫裡の中には違いないが、雑草が茂っていて野天も同じだった。人間は、ひとりではなかった。二人いる。息遣いが、乱れ始めたようだった。不意に、雑草の中に二本の白い脚がのびた。

「駄目……」

上ずった女の声が、そう言った。

「どうしてだ」

押し殺したような男の声が、苦しそうに乱れている。何のことはない。男と女が演じている濡れ場だったのだ。水滴が落ちるようなそれとは、男女が唇を重ねて舌を吸い合っているときの音だったのである。

「この三ヵ月間、毎晩のようにお前を抱いている夢ばかり見ていたんだ」

男が言った。

「わたしだって、同じ思いで……」

女が、激しく喘いだ。

「だったら、いいだろう」

「でも、こんなところで……」

「どこだって、変わりねえさ」

「あとで、落着いてゆっくりと……」

「それまで待つのも惜しいんだ」

「そろそろ、みんなが来る頃だし……」

「新蔵だって、気を利かして姿を消してしまっているじゃねえか」

「わたしだって、せつない」

「お美代!」

「あんた……!」

雑草の中にのびていた女の脚の一方だけが、庫裡の壁の残骸の陰に引っ込んだ。男女は、美代と要助なのである。三ヵ月間も離れ離れになっていて九死に一生を得た男と、慕い続けて来た女が二人きりになったとき、そこに何が起るかは誰にも想像できることである。だからこそ、一緒だった新蔵もどこかに姿を隠したのだろう。

だが、長次郎はその場に凝然と佇んでいた。男と女の濡れ場を見たい、という単なる興味からではなかった。長次郎はただ、美代と要助がどれほど愛し合っているか、確かめたかったのである。もう一つ、要助の言葉遣いにも関心があった。商家の若旦那にしては、口のきき方に伝法《でんぽう》なところがあった。わずか三ヵ月の無宿人生活で、やくざ気質が身についたとも思えない。

男と女の呼吸が、熱っぽく急テンポになった。長次郎の目に映ずるのは、美代の片方の脚だけであった。あとは口から洩れる声と、喘ぎである。途方もなく長い時間がすぎたように思えた。見えている美代の脚には表情があり、いろいろと変化した。

その片方だけの脚は、突き出ている部分すべてが露わになっていた。恐らく着物の裾が割れて、太腿まで剥き出しになっているのに違いない。膝頭が窪むほど脚がのびきったと思うと、急に弛緩して膝を曲げたりする。その繰り返しであった。足首だけは絶えず動いていて、足の裏が内側に曲がったり外側に傾いたりしていた。

男の声が、美代の名前を呼び続けた。それに呼応するように、美代が甘くすすり上げる声を洩らした。それでも、必死になって自制しているのだろう。何かを口走りながら美代の声は甲高くならずに、まるで苦吟している下手な歌のように聞えた。

そうした両者の声が高まったとき、美代の片脚が硬直し足の指が別の生きもののように蠢くのを長次郎は見た。そのまま、静かになった。消えていた美代のもう一方の脚が、雑草の中へ自然の作用のような動き方で、ゆっくりとのびて来た。虫の声が、何事もなかったように甦った。

長次郎はなぜか、激しい怒りを覚えた。嫉妬のせいばかりではない。ひどく裏切られたような気がしたのだ。最初から、こんなことではないかと思っていた。その点で、裏切られてはいない。だが別の意味で、長次郎は美代という女に失望したのであった。それが、長次郎には我慢できなかったのだ。

しかし、仕方がないではないかと、長次郎は思った。美代の愛する要助がどんな男であろうと、とやかく言える筋合ではないのである。美代という女を責める資格も、長次郎にはない。乞食同然の姿はともかく、汚れたシミを消すことのできない過去を持つ渡世人なのだ。一人前のものの見方をすることも、許されはしない。

長次郎は、本堂の前に引っ返した。山門のところで、人声がした。四つの影が動いている。新蔵、安五郎、亀吉、それに源兵衛が集まっているのだ。長次郎が近づいて行っても、彼らは知らん顔をしていた。声をかけようともしなかったし、冷たい目で長次郎を一瞥《いちべつ》しただけであった。

「お、明かりがついたぜ」

安五郎が、庫裡のほうを見て言った。なるほど、庫裡の中が明るくなり、火影《ほかげ》が揺らいでいた。

「まずは、お楽しみがすんだっていうわけだ」

亀吉がニヤニヤすると、ほかの男たちも淫らな笑い声を立てた。男たちは、庫裡へ向かった。長次郎に対しては、あくまでヨソヨソしい態度をとった。だが、長次郎は別に驚かなかった。新蔵に駒形村の十文字屋へ連れ込まれたときから、ある程度の予測はついていたことなのである。

庫裡の中へはいると、土間の奥の一室だけがまだ畳の残っている部屋になっていた。そこに、要助と美代がすわってぃた。美代はついさっきの狂態が嘘のように、とり澄ました横顔を見せていた。その脇の竹にとりつけた松脂蠟燭《まつやにろうそく》に、火が点してあった。

要助は、小ざっぱりした町人風の着物姿に変わってぃた。髪の手入れはしてないし無精髭ものびていたが、要助は三十五、六の精悍そうな美男子であった。衿を広げた胸元からは赤銅色《しやくどういろ》の肌が見えていて、腕も逞しかった。涼しげな目許をしているが、その動きは尋常な男のものではなかった。

「ご苦労だったな」

要助が、男たちの顔を見渡した。男たちは揃って、頭を下げた。長次郎だけが、土間に転がっていた味噌樽に腰を据えたまま、庫裡の外をぼんやり眺めていた。外は青白く、雑草のそよぎがはっきりわかるほど明るかった。月が出たのである。

「一杯食わせて、すっかり働かせたというのは、その男かい」

要助が、長次郎のほうに顎をしゃくって見せた。

「そうなんで……。大胡宿の近くで、暴れているのを見つけやしてね。何しろ、滅法腕が立つ野郎なんで、手筈通り一芝居うって引っ張り込んだんですよ」

新蔵が、乗り出すようにして言った。

「この野郎がいなかったら、こううまくは事が運ばなかったですぜ。ひとりで、働いてくれやしたからね」

源兵衛が、ふと不安そうに長次郎のほうを窺った。

「情けねえ野郎どもだ。おめえたちだけだったら、佐渡送りになるおれを救い出すこともできなかったんだろう」

要助は、美代が火をつけた煙管《きせる》を受け取った。

「確かに、あっしらは手荒いことは苦手だ。だけんど、その分をここで埋め合わせているじゃねえですか」

と、亀吉が指先で、自分の頭を軽く叩いて見せた。安五郎と源兵衛が、その通りだというように笑った。

「まあ、いいさ。その男の中山峠での働きぶりは、おれがこの目で見た。よくやってくれたと礼を言いてえところだが、そうはいかねえ。たったいま、死んでもらうぜ。もう、おめえには用がねえんだ」

要助が、源兵衛に向かって右手を差し出した。その手の上に、源兵衛は鞘ごと抜き取った自分の長脇差を置いた。

「おい、乞食野郎。この連中が頼りねえからって、舐めちゃいけねえぜ。おれが自由になったからには、この野郎ども相手にするようなわけにはいかねえんだ」

要助は、長脇差を左手に持ち直した。しかし、長次郎は放心したように庫裡の外へ視線を投げたまま、要助のほうを見ようともしなかった。

6

まったく馬鹿げた話だ、と長次郎は胸の奥で呟いた。すべてが予想通りであり、そうと承知の上で連中に利用された自分がひどく滑稽であった。大胡宿のはずれで、六人の相手を一瞬のうちに叩き伏せた。それを見ていたという商家の手代から、力を貸してくれと頼まれる。そこまでは、長次郎も真に受けていたのだった。

しかし、駒形村の十文字屋という小料理屋に連れ込まれてからは、これは手の込んだ芝居だとすぐに知れた。長次郎が座敷に通されるのを待っていたように、離れで安五郎と亀吉が美代に襲いかかった。そこへまた、小料理屋の亭主が役者として登場する。その出現があまり唐突だったので、これも狂言のうちだなと察しがついた。

美代の夫が義母の策略によって無宿人となり、それに加えて江戸で無実の罪から前科者にされ佐渡へ送られることになったという話も、少しばかりできすぎていた。また足を洗って小料理屋の亭主になった源兵衛や、美代を犯すつもりでいたはずの安五郎と亀吉までが、急に義憤に駆られて目籠破りの大罪をかぶる気になったというのも不自然だった。

そこまで見抜いていて、なぜ長次郎はみずから目籠破りを提案したりしたのか。理由はただ一つ、美代という女への興味からであった。それも、美代そのものに興味があったわけではない。美代の夫がどんな男か、その要助をどんなに愛しているかを知りたかったのである。

救いようのない男だと、長次郎は内心で自分を嘲っていた。中山峠で、美代にも言った。自分には、一生に一度の恋があった。自分の人生はその女のことで始まり、その女のことで終わりそうな気がする――。しかし、それでいいのかもしれない。人並の暮らしも正常な世間も知らずに、生まれて来る甲斐のなかった命を捨てる。そうした男を、世の中では渡世人と呼んでいるのだ。

長次郎は、土間の奥へ目を転じた。六つの顔が揃って、長次郎のほうへ向けられていた。殺気が感じられて、険悪な空気になっている。要助の横に、やや緊張した美代の顔があった。それを見てから、長次郎は微かに苦笑を浮かべた。

「おめえたちが何者なのか、聞かせてもらおうか」

長次郎は、穏やかな声で言った。

「わかっているだろう。おれは、鬼坊主の安五郎。この若造は、韋駄天の亀吉さ」

安五郎が、右腕の『さ』の字の入墨をチラチラさせた。

「織物問屋増井屋の手代、おめえは何と名乗るつもりだ」

長次郎は、また笑った。皮肉っぽく、背筋を悪寒が走るような冷たい笑いだった。

「女形の新蔵と呼ばれている」

なるほど女のように色白な顔で、鮮やかに赤い唇をした新蔵であった。

「源兵衛は？」

「あの小料理屋は、世間を欺くための仮の装いだ。おれは、十文字の源兵衛っていうレッキとした盗っ人さ」

「並の渡世人じゃあねえってことは、初めからわかっていた。なるほどな、おめえたちは盗っ人だったのか」

長次郎の表情が固くなり、その視線はゆっくりと要助のほうへ移動した。

「おれが何者か、察しがついたようだな」

要助が、長脇差を抜いた。パチパチと聞えていた藪蚊を叩く音が、急にやんだ。長脇差の鞘が土間へ落ちて、カランと鳴った。

「おめえが、天狗の勘八か」

長次郎は、抑揚のない声で言った。

「お察しの通りだ」

要助が立ち上がった。関東一円を思い出したように荒し回っている盗賊とは、この六人のことだったのだ。鹿沼の銀造親分の身内を痺れ薬で倒し、賭場の上がり三千両を奪ったというのも、この連中だったのである。長次郎が大胡宿で六人の渡世人と争ったのも、その盗賊の一員と間違えられたからだった。しかも盗賊の首領天狗の勘八とは、織物問屋の若旦那のはずの要助であった。

「天狗の勘八がお縄にかかって、佐渡送りになるとは知らなかったぜ」

長次郎は、鋭い目を天狗の勘八に注いだ。

「冗談じゃねえ。おれはちょっとした喧嘩《でいり》が因《もと》で、無宿人狩りに遭ったんだ。誰が天狗の勘八だって、正直に名乗るかい。野州無宿の要助で、押し通したのさ」

勘八は、土間に降り立った。安五郎、亀吉、それに新蔵が一斉に長脇差を抜いた。勘八に長脇差を渡してしまった源兵衛は、先が斜めに削げている竹を手にした。

「そして、そこにいる女が、天狗の勘八の情婦《いろ》というわけかい」

長次郎は、味噌樽から腰を上げようともしなかった。

「わたしの役者ぶりが、いちばんだったんじゃないかい」

美代が鼻先で笑って、長次郎に流し目をくれた。顔だけ見ていれば、内気で美しい商家の女房そのものだった。長次郎は、眉間に皺を寄せた。

「下手な芝居に、役者はいらねえ。嘘八百を並べるから、筋書きが読めちまうぜ」

長次郎は、ようやく腰を上げた。味噌樽が、後ろに転がった。

「まんまと騙されたくせに、負け惜しみを言うな。嘘八百と、どうしてわかった」

安五郎が、長脇差を振り上げた。

「佐渡送りの目籠破りが目的なんだから、話をそこへ持っていくキッカケがなくちゃならねえ。そのために、おめえはドサ帰りになりすましたんだろうが、ちょっとばかり嘘がひどすぎたな」

長次郎の凍ったような視線が、安五郎の顔へ走った。

「ドサ帰りに、なりすましただと？　ふざけるない、おれは正真正銘のドサ帰りだ」

安五郎が一、二歩、のめるようにして前へ出て来た。

「佐渡の地獄に詳しいやつから、話をよく聞かされたんだろう。いろいろと、知っていたじゃねえか」

「すると、この『さ』の字の入墨も、偽物だっていうのか！」

「安五郎、改めて教えてやろう。ドサ帰りの証拠になる入墨はな、長さ三寸、幅二分と決まっているんだ」

「何だと！」

「字も違うぜ」

「知ったふうなことを、抜かすない！」

「しかも、右腕じゃねえ」

長次郎は、少しずつ緩めておいた左腕の晒を振り落した。そこだけ日焼けしていない左腕が、そっくり剝き出しになった。その二の腕の外側に『さ』の字ではなく、『サ』の字の入墨が浮き上がっていた。六人の男女の面上に恐怖の色が走り、それぞれが呼吸をとめたように静かになった。

「おめえは、ドサ帰り……！」

天狗の勘八が、呻くように言った。亀吉がよろけて、板戸に凭れかかった。

「十九のときから二年前までの十二年間、佐渡の地獄暮らしは長かったぜ」

長次郎の右手が動くのと、宙を銀色の光が走るのと殆ど同時だった。向かって右の端にいた源兵衛が、怒鳴るような叫び声を上げた。竹槍が真中で切断され、源兵衛の右肩が裂けたように口をあけていた。源兵衛は、仰向けに倒れた。長次郎の胸のうちで、わけのわからない怒りが爆発していた。

「地獄の苦労も知らぬくせに、ドサ帰りを騙るのが許せねえ」

長次郎は、一歩踏み込んだ。

「助けてくれ！」

そう叫んだところで、安五郎は表情を失った。安五郎の胸板を貫いた長脇差の先が、彼の背中から突き出ていた。それを抜き取った長次郎が振り向いたとき、亀吉は板戸ごと庫裡の外へ転がっていた。月光を浴びて、顔を血に染めた亀吉はもう絶命していた。

「勘弁してくれ！」

天狗の勘八が、土間に両手を突いた。

「どうぞ、お願いします」

女形の新蔵も、それに倣った。

「金なら、欲しいだけ出す。三千両が手つかずで隠してあるんだ」

勘八が、媚びるような目で言った。だが、長次郎はそんなことを耳に入れてなかった。長次郎は部屋の隅へ逃げて、立ちすくんでいる美代を凝視していた。

「どうか、見逃がしておくんなさい」

新蔵が、長次郎の足に縋った。長次郎はそれを振り払って、新蔵の顎を蹴り上げた。新蔵の腰がのびた。長次郎は美代を瞶めたまま、無造作に長脇差を振りおろした。新蔵が血の噴き出す喉を両手で押さえて、勘八の上に倒れ込んだ。

「もう一つ、下手な芝居だとはっきりわかったのは、この新蔵がおめえさんの弟だって言ったからさ」

長次郎は、美代に軽く頷いてせた。美代はよくわからないというように、ただ目をしばたたかせているだけだった。

「武州熊谷在、酒巻の石屋の娘お美代には、弟なんていねえはずだからな」

「何だって……！」

美代が、ハッとなった。

「おめえさんとは、十五年ぶりだな」

長次郎は、寂しそうに笑った。

「お前さん、いったい誰なんだい！」

美代は拍子抜けしたように、壁に寄りかかったままズルズルとすわり込んだ。

「十文字屋の離れにいるおめえさんを見て、おれにはすぐあのお美代だってわかったぜ」

「わたしには、わからない」

「薄情だと、責めはしねえ。浮世にいれば、十年や十五年でそうは変わらねえだろう。だが、地獄にいれば別だ。十日で、頭が真白になった者もいたからな」

「それにしたって」

「安五郎も中山峠で、見て来たようなことを言ってただろう。佐渡へ送られて十年もすれば、別人のように人相が変わっちまうって……」

「誰なんだか、はっきり言っておくれよ」

「長次郎という名前を聞いても、わからねえかい」

「何も、思い出せなかっただけど……」

「長次郎の郎が、余計なだけさ」

「長次……。長次、お前さんがあの酒巻の長次さんかい」

美代は、信じられないというように小首をかしげた。特に懐かしがったり、感慨深く思ったりしている顔ではなかった。

「おれがあの土地を飛び出したのは、十八のときだった。あの頃のお美代と、夫婦になろうと誓詞《せいし》に書いたりしたのも、もう遠い思い出だ」

長次郎のほうも、無表情であった。

「おとっつぁんが利根川で溺れ死んで、間もなくだったね」

「あの翌年、江戸の無宿人狩りで佐渡へ送られたんだ。それからの十二年間を、地獄で過した。二年前にようやく、島から脱け出せたっていうわけさ」

「その二年間、あちこちを歩き回ってめぐり会えることを願っていた女というのは、わたしだったのかい」

「そういうことになる」

「とんだ茶番だね」

「そうかもしれねえさ」

「何もかも初めからお見通しだったんなら、なぜわたしたちに手を貸したりしたのさ」

「芝居とはわかっていても、おめえたちが盗っ人だとは知らなかったんだ。だから、おめえさんの亭主を佐渡送りから救ってやりてえと思ったのさ」

「昔の女のために、というわけかい。十二年も地獄で暮らして来たというのに、男って甘いんだね」

「おめえさんのほうが、変わりすぎたんだ」

「とにかく、亭主を助けてくれるつもりだったんだろう。こうして土下座して頼んでいるんだから、助けておくれよ」

美代は不貞腐《ふてくさ》れたように、土間にいる天狗の勘八を指さした。

「もう、遅い」

暗く沈んだ目を、長次郎は勘八の背中に落した。右手の掌の中で、長脇差の柄を半回転させた。長脇差の刃が、逆手に持ったときの向きになった。長次郎は反動をつけて、その長脇差を勘八の背中に深々と突き刺した。勘八は、声も立てなかった。

代わりに美代が悲鳴を上げて、両手で顔を被った。

7

長次郎は、庫裡を出た。本堂の前に、石灯籠が三つの部分に分かれて転がっていた。長次郎は、胴体の部分に腰をおろした。目の前に石灯籠の笠の部分があって、その窪みに水が溜まっていた。いい月だった。空にあるだけではなく、月は石灯籠の笠の部分に溜まった水の中にもあって、輝いていた。

美代は庫裡の裏へ回って、苦しそうに噎《む》せていた。庫裡の中の惨状と血の匂いに気分が悪くなり、美代は嘔吐しているのであった。長次郎は、満月に近い空の輝きを見上げた。あたりは、真昼のように明るい。空の一部に、濃淡のはっきりした山のシルエットがあった。人里離れた廃寺には、虫のすだく声しか聞えなかった。

美代が戻って来て、長次郎の背後の杉の木をかかえるようにして身体を預けた。夜気が冷たくなっていた。

「中山峠について、面白いことがある」

長次郎は、月を仰ぎながら言った。美代は黙っていた。だが、それでよかった。誰かに話しかける、というつもりはないのだ。自分に聞かせたいのである。

「佐渡にも、まったく同じ中山峠というところがあるんだ。おかしいことに、佐渡の中山峠にも茶店が二軒ある。おれは今日、中山峠で斬り合いをやりながら、遠く佐渡の中山峠のことを思い出していた」

長次郎の脳裡に、佐渡の中山峠の頂上から見た景色が浮かんだ。

「佐渡の中山峠は、地獄の入口だった」

「どういうわけでなの」

美代が、どうでもいいというような訊き方をした。

「中山峠を下ると、水替人足の小屋がある相川だからさ」

長次郎の話は、出鱈目ではなかった。三国街道の中山峠と、字も同じ中山峠が佐渡にもあるのだった。つまり三国街道経由で佐渡に送られる無宿人たちは、地獄に到着するまでに二つの中山峠を越えるわけである。しかも、二つの中山峠の頂上にそれぞれ二軒ずつの茶店があるという偶然も、重なっているのであった。

新潟、寺泊《てらどまり》、出雲崎のいずれからか出た船は、佐渡の小木、赤泊、両津のうちのどこかの港へはいる。無宿人たちは、目籠ごと船からおろされる。再び陸地を目的地へ、目籠で運ばれて行くのだった。目的地は、相川というところである。

相川に水替人足の監禁小屋があり、佐渡金山の作業所もあるのだった。相川は佐渡の西側の海に面してあり、東側は山であった。当時、相川への街道は一本しかなかった。小木、赤泊、両津の三港は佐渡の南、東、北と三方にありながら、相川へ向かうときは同じ道を通ることになる。

中山峠は、相川のすぐ東にある峠であった。地形の関係で、この中山峠を越えないと相川に行けなかった。佐渡に来てからの陸送も終わって、いよいよ中山峠を目籠の行列が上り始める。江戸からの長旅も、最後の一瞬に近づきつつあるのだった。

しかし、いい意味の最後ではない。いわば旅路の果てであった。この世の見納めである。目籠の中で無宿人たちは、疲れも忘れて明日からの恐怖を思う。やがて、目籠は中山峠の頂上につく。そこには二軒の茶店があり、甘酒を売っている。

その中山峠の頂上で無宿人たちに甘酒を飲ませるのが、当時の慣習になっていた。まず宰領者が、いろいろと言って聞かせる。どの宰領者も、この中山峠を下ると相川だと言った。

「いよいよ、別れだ」

「真面目に、お勤めに励め」

「いつになるかはわからぬが、帰国できるまで達者でやれよ」

などと好きなように言うが、どれを聞いても無宿人にとっては絶望的なことばかりであった。目籠から外を覗けば殺風景な岩山と、荒涼とした海や空が見える。生きては帰れないと言われている地獄が、眼前に大きく口を開いているのだった。

甘酒が配られる。飲みたければ、何杯でも振舞ってもらえる甘酒だった。だが、さすがにお代りする者はいなかった、というエピソードが残っている。長次郎も佐渡の中山峠の頂上で甘酒を配られたとき、たった一口しか飲めなかったという記憶があった。

「もう一つだけ、話がある」

長次郎は言った。

「だったら、早いところ話すのね。わたしは、そろそろ出かけるから……」

美代の声が、やや遠くでした。

「どこへ、行くんだ」

「どこへ行こうと、勝手でしょ。わたしとお前さんは、所詮は縁のない間柄なんだからね。お前さんがみんなを殺してくれたお陰で、隠してある三千両はわたしひとりのものになったよ。早速、その現物を拝みに行かなくっちゃあね」

「お美代……」

「馴れ馴れしく、お呼びでないよ」

「まあ、聞け。どうしてもお前に会いたかったのは、ほかにも事情があったからなんだ」

「どんな事情なんだよ」

「おれは、酔っぱらっていて、殺さなくてもいい相手を殺しちまった」

「だから金輪際、お酒はやらないっていう話なんだろう、もう、聞いたよ」

「そんなことを、言っているんじゃねえ。おれが殺しちまった相手のことだ」

「いったい、誰を殺したんだい」

「十五年前のことだ」

「おやおや、ずいぶんお古い話だねえ」

「喜作さんを殺したのは、このおれだったんだ」

「何だって！」

「喜作さんは、利根川へ自分で落ちて溺れ死んだんじゃねえ」

「じゃあ、おとっつぁんは……」

「あの嵐で荒れ狂っている夜の利根川へ、おれが突き落したんだ」

「そんな馬鹿な……！」

「あの晩、水嵩《みずかさ》を見に来た喜作さんと、利根川の土手でバッタリ出合った。喜作さんはおれの顔を見ると、鬼みてえな顔になって罵った。うちのお美代にちょっかい出しやがって、お美代を瑕《きず》ものにするつもりか、誰がお前の嫁なんかにお美代をくれてやるもんか、お美代には一切近づくなって……。そのとき、おれは酔っていた。カッとなった。気がつくともう、喜作さんは激しい流れの中へ落ち込んでいた。一応は溺れ死んだということで片付いたが、おれはいたたまれなくなって村を飛び出した」

「だからって今更、わたしに会ってどうするっていうんだい」

「ただそのことを、打ち明けたかっただけなのかもしれねえ」

「もう、いいじゃないか。お互いに、昔のことは忘れようよ」

「それで、おめえさんは気がすむのかい」

「気がすむも、すまないもない。お前さんとわたしは、赤の他人さ。これからも関わり合いのない人間同士、それでいいだろう。いまはただ、何もなかったことにして別れればいいんだよ」

「しかし、お美代って女は、まるで変わっちまったな」

長次郎がそう言ったが、美代の返事はなかった。

長次郎は月の光の中の、雑草に被われた廃寺の境内を見渡した。虫の声が、ますます冴えて来た。さてこれからどうするか、と長次郎は思った。まがりなりにも美代に会えたし、言いたいことも残らず吐き出した。これ以上、旅を続ける張りがなかった。

いや、旅をすること自体、すでに無意味である。今度こそ行くアテがなかったし、彼を迎えてくれる場所も人もいない。たったひとりだと思うと、挫折感から動くのも億劫になる。それに、大手を振って歩ける身ではないのだ。佐渡を脱出したのである。その上、目籠破りをやっている。

いつかは追いつめられて、捕えられるだろう。そのときは、磔《はりつけ》か獄門である。生きていても仕方がないと思いながら、長次郎は不思議なものに気がついた。石灯籠の笠の部分に溜まっている水に、その奇妙なものが映っているのだった。

美代である。美代は右手に長脇差を握りしめて、そっと長次郎の背後に忍び寄って来る。その姿が水に映って、長次郎には見えている。だが、当の美代は、そのことに気づいていない。必死の形相であった。長次郎は、振り返らなかった。これでいいのだ、と思った。

佐渡を脱出した目的も、無事に果した。島抜けの渡世人に、明日というい日はない。その父親を殺した美代に殺されるなら、悔いはなかった。十四年前、佐渡の中山峠で地獄を見たとき、長次郎はすでに死んだも同じだったのである。

長次郎は、目を閉じた。両足を踏ん張った。同時に、やや脇腹寄りの背中に激痛を覚えた。美代の荒々しい息が聞えた。長次郎はすわっていた石灯籠の胴の部分から、雑草の中へ転げ落ちた。長次郎は、目を開いた。真上に、月があった。

「喜作の仇討ちをしたのか」

長次郎は、霞んで見える美代の顔に言った。

「とんでもない」

美代の顔が、笑ったようであった。

「じゃあ、勘八の恨みを晴らしたのか」

「何を言ってるんだね。三千両を手に入れるのに、お前さんに生きていられたら都合が悪いじゃないか」

美代は、低い声で笑った。長次郎の目に、十五年前の美代の姿が浮かんだ。長次郎は長脇差を抜いた。美代の笑い声に見当をつけて、それを投げつけた。美代の絶叫が、静寂を裂いた。十五年前の美代の姿がより鮮明になって、長次郎はこれでグッスリ眠れると思った。


盗賊天狗の勘八とその一味は、仲間割れが因《もと》で殺し合いを演じ、残らず死亡したと記録にある。その中に天狗の勘八以下、一味の名前が列記されているが、最後のひとりに『武州無宿、長次、入墨。サの入墨。佐渡乗逃げにてお手配中』と書いてある。

地蔵峠の雨に消える

1

嘉永二年は、雨の多い年だった。特に九月から十月にかけて、長い秋雨が降り続いた。東海道の大井川が、長期にわたって川止めになった。川止めの噂は、あっという間に上方へ伝わった。天保の時代以降、お伊勢参りが盛んになり、現在の熱田や桑名はそうした旅人たちでいっぱいであった。

そこへ、大井川の川止めの知らせが伝わって来た。江戸や関東一円へ向かう旅人たちの中で先を急いでいる者、気の短い連中は急遽行く先を変更しなければならなかった。熱田から、名古屋、多治見、土岐を抜けて中山道の大井宿、現在の恵那《えな》市へ出るのである。木曽路を行ったあとは、諏訪で中山道か甲州街道のどちらかを選んで東へ向かえばいいのである。

その男たちは、熱田から一緒だった。二人とも渡世人ふうの旅姿をしていた。雨に湿った引回しの合羽が重そうで、大きくて浅い菅笠も大小のシミで斑点模様になっていた。どちらもかなりの長旅を続けていて、余分な路銀は持っていないということを、その外見が物語っていた。一方は長身で、頬の削げた細面が顔が青白かった。黒の手甲脚《てっこうきゃ》絆《はん》に渋茶色の太い棒縞の合羽で、朱塗りの鞘の長脇差《ながどす》を落し込んでいた。

もうひとりのほうはやや小柄で、太り気味の身体つきだった。血色がよく、童顔であった。この男の手甲脚絆は濃紺で、合羽も紺色に細い白の縞模様である。長脇差は、黒塗りの鞘であった。左足の生爪を剝がして、軽くビッコをひいていた。前を行く長身の渡世人より、この男のほうが三つ四つ年上の三十四、五に見えた。

二人は大井宿で、偶然同じ旅籠《はたご》に泊り合わせた。当時の大井宿は人口約五百人だが、旅館は大小合わせて四十軒ほどあった。それでも、大井川の川止めで中山道回りの旅人が急に増加したので、どこの旅籠屋も満員だった。その頃の旅籠は大部屋が多く、特に客で混雑している場合は相宿《あいやど》とか割宿とかいって個室であっても見知らぬ者が同室するのを当然のこととしていた。

二人の渡世人は、大野屋という旅籠の六畳間に一緒に泊ることになったのである。長身の男は人見知りをするのか、ロクに挨拶もしないし口をきかなかった。童顔の男のほうも、不機嫌そうにむっつり黙り込んでいた。というより、さっぱり元気がないのである。身体のどこかが痛むのか、ときたま苦しそうに顔をしかめた。

この時代は、夜が早い。五ツ、現在の八時になると、もう就寝時間であった。その代わり、朝は日の出前に旅籠を出る。翌日の泊りは、妻籠《つまご》宿であった。大井から妻籠までの間に、宿場が三つある。宿場には、必ず泊るというわけではなかったのだ。宿場と宿場との距離は、あまり長くなかった。二里二十町、約一万メートルが平均とされている。最も短かったのは、東海道の御油《ごゆ》宿と赤坂宿の間で約千九百メートルであった。

木曽路は、峠越えが多い。健康な人間でも難儀するのだから、身体の工合が悪い者にはまさに拷問であった。十曲峠を越え、御番所を通過して妻籠峠の上りにさしかかったとき、童顔の男が耐えきれなくなったように呻き声を配らした。かなり先を行っていた長身の渡世人にも、その助けを求める声が聞えた。長身の渡世人は、ゆっくりと振返った。

その渡世人は、左腕に手垢がしみ込んだ黒っぽい綱を無造作に巻きつけていた。細書きの筆の軸ほどの太さで、四、五回腕に巻きつけてあるから長さは一メートル近くあるだろう。その綱の先を左手でグルグル回しながら、長身の渡世人は路上にうずくまっている男のほうへ戻って行った。

「どうしなすった」

渡世人は、表情のない青白い顔で男を見下ろした。潤んでいるような目だけが、キラキラと光っていた。

「昨夜から痛み出した腹が、もうたまらねえほど……」

童顔の渡世人は、歯を食いしばっていた。血色がよかった顔が土気色に変わって、額に汗が浮かんでいた。脂汗が噴き出すくらいでは、尋常な痛みようではないのだ。

「妻籠宿まで、あと一息だ」

長身の渡世人は地面に両脚を突き、急病人のほうへ背を向けた。

「とんでもねえ。肩を貸してもらうだけで充分だ」

童顔の渡世人は遠慮して、慌てたように首を振った。

「いいってことよ」

長身の渡世人は、促すように後ろへ回した両手の指を動かした。童顔の渡世人はまた激痛に襲われたらしく顔をしかめながら、思い切ったように目の前の広い肩に両手をかけた。

「すまねえ」

童顔の渡世人は、深く吐息して目を閉じた。男ひとりを背負って、長身の渡世人は軽々と立ち上がった。歩く速度も、これまでと大して変わらなかった。ただ、軽く咳込んだだけだった。

「こんな格好じゃあ仁義もクソもねえんだが、おれっちは粕尾《かすお》の半次っていう駆け出しの半端野郎なんだ」

背中で、病人が言った。長身の渡世人は、黙って歩き続けた。曇り空の下で、木曽の山々が墨絵ぼかしに煙っていた。無人の峠路が、そろそろ下りになり始めた。

「おめえさんにも、名乗ってもらいてえもんだ。旅先で恩を受けたお人の名は、忘れられるもんじゃねえからな」

粕尾の半次と名乗った男が、無理に笑った声を出した。

「三筋《みすじ》の仙太郎と、憶えておいておくんなせえ」

長身の渡世人は、どうでもいいような答え方をした。その背中に、粕尾の半次がしがみついた。四肢を硬直させたようである。

「痛みが、ひでえらしいな」

仙太郎は、背のほうを気にした。粕尾の半次が、腹の底から絞り出すような唸り声を発した。

「何の、これくれえで……」

粕尾の半次が、伏せていた顔を上げた。痛みは、昨夜の食事をすませて間もなく始まった。便所へ通ったが、便通はなかった。しばらく、痛みは止まっていた。しかし、今朝になると、断続的に激痛が襲って来た。下痢はしていないので、食当たりということは考えられなかった。胃のあたりから起った痛みが腹全体に広がり、いまは右下腹部に集中していた。

「仙太郎さん、お前さんのその左腕に巻きつけてある綱は、いってえ何の呪いなんだね」

小康を保っているのか、粕尾の半次の声が心持ち明るくなった。

「これかい。これはただの、癖というもんさ」

三筋の仙太郎は、曖昧な笑い方でニヤリとした。

「いつも、そうしていなさるのかい」

「五、六年、離したことがねえ。それで、この通り汗と手垢で真黒になっちまった」

「それがまた、渡世人としてのおめえさんの貫禄を、示しているようだぜ」

「冗談言っちゃいけねえ。帰るねぐらがねえばっかりに、来る年来る年を旅して暮らす風来坊にすぎねえんだ」

「じゃあ、この道中にもこれというアテはねえのかい」

「死ぬまで、何もアテなんてねえだろうよ」

「三筋というのは、おめえさんの生まれ故郷かい」

「そうじゃあねえ。身体に三筋の傷跡があるんで、いつの間にか三筋のと呼ばれるようになったんだ」

「そいつは凄え。やっぱり、大した貫禄じゃねえか」

「ところが、その三筋の傷跡は背中にあるんだ。向こう傷ではねえんだよ。腕のほうはからっきし駄目だから、逃げようとしたところを斬りつけられたってわけさ」

「だけんど、おめえさん、人を斬ったことはあるんだろう」

「そりゃあ、まあ……」

そのお蔭でこの一年間、これまでよりも更に遠く流浪の旅を続けなければならなかったのだと、三筋の仙太郎は胸のうちで苦笑していた。まったく、割りに合わないことをしたものだった。去年の十一月、三筋の仙太郎は武州上尾の天神松の音助親分の許に草鞋《わらじ》を脱いだ。そこで、天神松の親分から直接、斬り込みを頼まれたのである。

相手は、同じ武州で上尾宿のすぐ隣にある桶川の親分、松五郎であった。松五郎親分が真昼間から桶川の料亭『藤久《ふじきゅう》』で酒宴を張っているので、そこへ斬り込んで親分を殺したらその足で当地を立ち退いてくれという頼みであった。桶川の松五郎には、会ったこともないし何の遺恨もない。だが、一宿一飯の仁義から、天神松の音助の頼みを拒むわけにはいかなかった。

三筋の仙太郎は桶川へ飛んで、料亭『藤久』に単身で斬り込んだ。芸妓を集めてご祝儀の宴会の最中に、仙太郎は桶川の松五郎親分を斬り殺した。同席していた子分三人を殺傷した三筋の仙太郎は、その足で上州に逃げ込み更に西へ向かって上方を流れ歩いたのであった。天神松の音助親分からもらった草鞋銭《わらじせん》は、たったの二両だけだった。以後、三筋の仙太郎は、一宿一飯の恩誼《おんぎ》に与かるために親分のところで草鞋を脱ぐということを、二度としなかった。

「畜生！　ああ、痛え……」

と、粕尾の半次が、子どものように背中で身を揉んだ。仙太郎は、半ば走るように先を急いだ。小さな橋を渡ると、妻籠の宿場が見えて来た。いわゆる客引きである留女《とめおんな》の、声を待つこともなかった。仙太郎は半次を背負ったまま、宿場にはいっていちばん最初の旅籠屋へ飛び込んだ。

釜洲屋という小さな旅籠だったが、若い主人が気を利かしてすぐ医者を呼んだ。年老いた田舎医者が来て、冷えっ腹だと診断した。天候不順で雨が多く、濡れた身体で無理な道中を続けたために、腹が芯から冷えきってしまったというわけである。では、すぐにでも風呂につかって、温まろうということになった。

「おめえさんも、付き合っちゃあくれめえか」

粕尾の半次が憔悴した顔で、心細そうに言った。一緒に、風呂へはいってくれというのであった。

「旅先で、こんなことになると気が弱くなるもんだ。いま頼りにできるのは、おめえさんしかいねえ」

半次は、仙太郎の腕に縋《すが》って立ち上がった。とても、ひとりで入浴できる状態ではなかった。仙太郎も手を貸す意味で、一緒にはいってやらなければならなかった。男二人では、窮屈すぎる風呂場だった。半次は湯につかり、仙太郎は専ら垢《あか》を落すことにした。

「なるほど、三筋の傷跡だ」

仙太郎の背中を見て、半次が感動したような声で言った。だが、半次の目の光り方は、すっかり弱々しくなっていた。苦痛のために、意識が朦朧とし始めているのだった。風呂から上がって間もなく、半次の容態は目に見えて悪くなった。

半次の病気はいまで言う盲腸炎、つまり虫垂炎だったのである。痛み始めて一昼夜がすぎている。すでに穿孔を起して、細菌の多い糞便と膿汁が腹膜腔へ流れ出ている。それを冷えっ腹だから温めるように医者に言われ、湯につかったりしたのだから悪化するのは当然だった。

もちろん、当時そんなことがわかるはずはない。だが、粕尾の半次はこのとき、腹膜炎を起していたのだった。

2

半次は、夜を徹して苦しみ続けた。旅籠の主人が掻き集めて来たあらゆる薬を飲ませてみたが、効果はまったくなかった。仙太郎は明け方まで、半次の看病にかかりっきりだった。壁に凭《もた》れたまま仮眠して、目を覚ますと半次が放心したように仙太郎の顔を見守っていた。別人のように衰弱して、ただあけているというだけの半次の目であった。

「どうだ、工合は……」

仙太郎は、夜具の脇ににじり寄った。

「もう、何も感じねえ」

かすれた声で、半次が言った。痛みが止まったのではなく、苦痛を自覚できなくなっているのだ。死期が迫っている証拠だった。その枕許に矢立と小硯箱《こすずり》、それに半紙で包んだ書状らしいものが二通置いてあった。仙太郎が眠っているうちに、最後の気力を振り絞って書状をしたためたに違いない。

「仙太郎さん、短え付き合いだったが、ずいぶんと世話になったぜ」

半次が右手をのばして、仙太郎の膝のあたりを探った。

「冷たい風が、欲しくはねえかい」

仙太郎は立って行って、明かり取りの小障子をあけた。外は乳色に染まっていた。小鳥の囀りとともに、朝の冷気がひんやりと流れ込んで来た。

「旅は道連れ、同じ渡世人同士、とはいうものの、おれっちは心の底から嬉しかった。これで、死んでも未練はねえっていうものだ。仙太郎さん、礼を言わしてもらうぜ」

半次の鉛色の頬を、光るものが流れ落ちた。仙太郎は、黙っていた。当人は、死期が近づいていることを知っている。今更、気休めを言ってみても仕方がなかった。渡世人である以上は、いつどこで野垂れ死にしようと悔いはない、という覚悟ができているはずであった。

「おめえさん、確かアテのねえ旅を続けているとか、言いなすったね」

半次は、乾ききった唇を舐めた。仙太郎は、軽く咳込みながら頷いた。

「だったら、迷惑のかけついでに、もう一つだけ頼みてえことがある」

半次はのばした手で、仙太郎の腕を握った。握るほどの力はすでになく、手をかけたと言ったほうがいいかもしれなかった。

「それを、届けるのかい」

仙太郎は、二通の書状へ視線を走らせた。

「野州まで、行ってもれえてんだ。おれっちは、そこへ帰る途中だったんだよ」

「野州のどこだ」

「中山道を上州の倉賀野でそれて、足尾銅山街道へ抜けてくれ。足尾のすぐ南に、内《うち》ノ籠《こ》というところがある。そこに住むお千代って女に、一通を渡してもれえてえんだよ」

「あとの一通は？」

「内ノ籠の南に、峠がある。地蔵峠だ。それを南へ越えると、粕尾へ出る。粕尾の、利三郎っていうのにあとの一通を手渡してくれりゃあ、それでいいのさ」

「渡世人かい」

「おれっちの、兄貴分なんだ」

「わかった」

「引き受けてくれるかい」

「大したことじゃねえ」

「ありがてえ。仙太郎さん、これでもう思い残すことはねえ。必ず、間違いねえように、届けてやっておくんなさいよ」

「心配するねえ」

「しがねえ渡世人には違いねえが、間もなく仏になろうという男の最後の頼みだ。どうだろう、命を張っても間違いなく届けてやるって、約束しちゃあくれめえか」

「わかった。約束する」

「すまねえな、最後まで……。仙太郎さん、ありがとうよ」

半次の手がズルズルと縮んで、仙太郎の膝から畳へと落ちた。その目許や頬は涙で濡れていたが、死に顔全体は笑っているようだった。前歯が二本、覗いている。目も安らかに閉じていた。仙太郎は半次の寝姿に向けて、静かにが合掌した。明かり取りの窓から射し込む朝の光が、苦悶し続けて一回りほど小さくなった半次の身体を照らしていた。

仙太郎は、その枕許の二通の書状に目を近づけた。書状を包んだ半紙に『千代どの』、『利三郎どの』とあまりうまくない字でそれぞれ書いてあった。『千代どの』とある書状の上に、護符が置いてあるのに仙太郎は気づいた。鬼子母神の虫封じである。仙太郎は、半次の死に顔に目を転じた。

鬼子母神の虫封じも書状と一緒に、千代のところへ届けてくれということらしい。半次は、父親なのである。恐らく、癇《かん》が強くて夜泣きするわが子に、悩んでいたのに違いない。とすると、千代は半次の女房ということになる。渡世人のくせに、なぜ妻子を持ったりするのかと、仙太郎は半次の死に顔を見やりながら胸の奥で呟いた。

仙太郎は、半次の死を旅籠の主人に知らせた。正午をすぎてから、役人と宿場の問屋、年寄たちがのんびりと集まって来た。その前に仙太郎は、二通の書状と虫封じの護符を自分の振り分け荷物の、油紙で包んである箱のいちばん下にしまい込んで置いた。死体の検分がすむと、すぐ埋葬であった。

　遺品などは預かりという形になり、その明細書が道中奉行の許へ届けられる。薬代や埋葬の費用は、当人が持ち合わせていない場合、その村なり宿場なりが負担することになっている。しかし、半次は三両近い路銀を残して死んだので、一応当人が費用を出したという結果になった。

　これで、仙太郎もご用ずみであった。彼はその日のうちに、妻籠宿を出立した。もう八ツ半、午後の三時であった。いまから旅立っても、暮れ六ツまでに大した距離は進めなかった。しかし、仙太郎は気持だけでも、先を急ぎたかったのだ。野州は、はるか彼方である。そう思うと、のんびりはしていられなかった。

　これから先は、東木曽路であった。峠を越え川を渡り、山間の道は決して楽ではない。山が谷まで迫り、田畑が殆どなく人家も少ないというのが当時の東木曽路だった。米や大豆は遠くまで買い出しに行かなければならなかったし、寒さが厳しいために土壁というものがなく、建物はすべて板壁であった。屋根も茅を用いず、板でその上に石を並べておく。山中の桃や梅は三月下旬に花を開くが、桜は麦と同じく六月頃に開花するのだった。

その夜は野尻宿に泊り、翌日は朝から霧雨が降っていたが、三筋の仙太郎は七ツ半の早立ちをした。菅笠を前に深くかぶり、引回しの合羽を胸で合わせると、仙太郎は雨の中を早い足の運びで歩き続けた。須原宿、上松《あげまつ》宿を正午前にすぎて、午後二時に木曽福島の関所にさしかかった。

木曽福島の関所では鉄砲改めと、女改めだけが行われる。従って女は手形を必要としたが、鉄砲らしきものを持っていない男は上りも下りも手形なしで通行できた。そのために手間をとらずに、木曽福島を通り抜けることができた。更に宮の越をすぎて、藪原《やぶはら》宿で暮れ六ツを迎えたのであった。

一度も休むことはなく、昼飯も食べていなかった。何がこうも自分を熱っぽくしているのか、仙太郎自身にもよくわからなかった。一つのことに、憑かれたように熱中したことは、これまでにただの一度もないのである。なるようにしかならないと、九歳のときからその場その場の環境や状態に順応して生きて来たのであった。

それがいまは、自分の明確な意志が先行している。一刻も早く、野州足尾の内ノ籠へ行きつこうという意欲に燃えているのだった。明日もまた、早立ちして脇目もふらずに先を急ごう。と、今夜のうちから、もう明日のことを考えている。今日まで、明日という日の使い方を前もって思案したことが、一度でもあっただろうか。

明日のない毎日ばかりを過して来た。アテのない旅ばかりを続けて来た。そうした自分が初めて、確固たる目的を持った。きっと、そのせいに違いない。明日を考えながら、目的地に向かって旅を急ぐ。それがこんなにも、気持を熱っぽく充足させるものだとは、いままで知らなかったことだった。これが生き甲斐というものかもしれないと、三筋の仙太郎はふと思った。

藪原宿には、飯盛旅籠屋が一軒と平旅籠屋が九軒あった。飯盛女のいない平旅籠屋のほうが九軒とも満員で、亀屋という飯盛旅籠屋だけが空部屋があるという。女を欲しいとは思わなかったが、その亀屋に泊るほかはなかった。飯盛女については道中奉行の厳しい取り締まりがあったが、その人数と華美な服装を制限するのがやっとで、売春までは禁止できずにいた。

仙太郎は湯上がりに、酒を一本だけ注文した。ここ数年、酒はまったくやってなかった。それを飲む気になったのも、何となく心に張りがあるせいだった。酌をしに来た飯盛女は、まだ若くていかにも山出しという感じであった。飯盛女の服装として指定されている木綿の着物が、むしろピッタリである。

黒々とした山が、眼前に迫っている。そのなだらかな稜線を、まだ夜の闇の中に見定めることができた。川のせせらぎが、聞えて来る。仙太郎は、酒を喉に流し込んだ。咳が出た。身体が熱っぽい。今日一日、雨に濡れ通しだったのが、よくなかったのかもしれなかった。

「お客さん、何だか楽しそう」

若い飯盛女が、肩をすくめて笑った。あまり、悪ずれしていない女のようであった。客をとるようになって、まだ間もないのだろう。貧しい家計を助けるために、売られて来たか年季を勤めているか、そのどちらかに違いない。しかし、そんな暗さや哀感は、まったく見られなかった。

「そうかい」

仙太郎は、苦笑した。充実感が飯盛女にもわかるほど、表面に出ているのかもしれなかった。

「何か、いいことがあったんだね」

女が、羨ましそうな顔をした。

「ただ、アテのある旅をしているってだけのことさ」

仙太郎は、二杯目の盃を口へ運んだ。また咳込んだ。今度は、やや激しかった。

「アテのある旅……？」

女は、怪訝そうに眉をしかめた。

「さあ、飯にしよう」

仙太郎は、盃を伏せた。

「それから、そのお前の頭の櫛《くし》を売ってもらいてえんだがな」

「これかね。こんなの、お六櫛って言ってこの土地の名産だもの。幾らでも、新しいのを売ってますよ」

それでも女は、抜き取った櫛を差し出した。仙太郎は女の手に、小粒を握らせた。

「こんなに、高いものじゃないがね」

女は掌の上の小粒を見て、目を丸くした。

「とっときな。それで、飯がすんだらすぐ寝かしてもらうぜ。お前が気に入らねえわけでも、恥をかかせるつもりでもねえんだ。明日の朝、早立ちをするんで、疲れを残したくねえだけさ」

仙太郎は、のびた月代《さかやき》を指の先で掻き回した。女は困ったような顔で、コクンと頷いた。部屋の隅で、虫が鳴き出した。このときまた、吸い込んだ息が咳を誘った。激しい咳で、なかなか止まらなかった。

「お客さん、悪い咳だねえ」

女が仙太郎の背中をさすりながら、心配そうに言った。

3

翌日も、小やみなく雨が降っていた。仙太郎は、この日も七ツ半に藪原宿をあとにした。身体が火照《ほて》るように熱く、だるくて仕方がなかった。仙太郎は、馬で行くことにした。宿場のはずれで、軽尻《からじり》を雇った。軽尻とは、人間ひとりと五貫目までの手荷物を乗せる馬である。三十六貫目までの荷物だけを運ぶ馬を、本馬《ほんま》と言った。

藪原から次の奈良井《ならい》宿まで、軽尻は六十二文の規定だったが、雨が降っているというので馬子《まご》は七十文にしてくれとせびった。それでも熱のある身体に馬は楽だったし、安いものであった。道も、歩くよりはずっとはかどった。次の奈良井宿で、新たに雇った軽尻に乗る。こうして各宿場で、乗り継ぎをするわけだった。馬子に十文も余分にやれば、馬を急がせる。

馬は休まないから、一日の行程を二、三里延長することができた。ただ、乗っている間は楽でも、おりてからどっと疲れが出る。十二時間も乗りづめだと、全身の骨が砕けてしまったように立っている力さえなくなる。贄川《にえがわ》、塩尻とすぎて、下の諏訪についた。ここで街道は、東と南に分かれる。中山道は東へ続き、南は甲州街道だった。

旅人の半分以上が、甲州街道を江戸へ向かう。木曽路で親しくなった旅人同士が、ここで東と南に別れることになり、その名残りを惜しんでいる図も見られた。仙太郎は下の諏訪で、軽尻を乗り継いだ。泊りは、次の和田宿になりそうだった。和田宿は、現在の八ガ岳中信高原国定公園の霧ガ峰スキー場と、美ガ原を結ぶ三角形の東の頂点に位置していた。

当時、和田宿が「日本一高き所なり」と言われていたのも、頷けないことはない。そのせいか、下の諏訪から和田までの軽尻は、二百六十一文であった。日没も間近い高原の道は、濡れた草が波を打つ緑色の海の中を、細々と頼りなげにのびていた。仙太郎は菅笠と合羽で身を固め、雨の中の馬上でじっと動かずにいた。

和田宿の千成屋という旅籠にはいったとき、仙太郎はまったくの濡れ鼠になっていた。濡れていないのは、合羽の中でかかえていた振り分け荷物だけだった。とりあえず裏へ回って、赤い炎を噴き出している大きな竈の前で合羽を乾かした。全身が、抜けるようにだるかった。吐く息までが、熱かった。

「まあ、お客さん、顔が真青ですよ」

水仕《みずし》の五十女が、手拭いを持って来て目を見はった。

「そうかい」

仙太郎は、菅笠をはずした。菅笠の上の窪みに溜まっていた雨が、ピシャッと土間に散った。

「どこか、悪いんじゃないですか」

五十女は、竈に細めの薪を五、六本投げ込んだ。火勢が、一度に強まった。

「ああ、持病があってね」

仙太郎は、口許だけで笑った。

「持病があるくせに、一日中雨に打たれて来るなんて……」

「悪いとは、わかっているさ」

「だったら、よせばいいのに……」

「それが、じっとしていられねえんだから、仕方ないだろう」

確かに、疲れ果ててはいる。だが、それは身体だけだった。気持のほうは、むしろすっきりとしていた。これまで常に胸にあった空しさとか、倦怠感とか沈殿しているものが少しもないのである。目に映ずるもの、人との会話、空気までがひどく新鮮に感じられるのであった。いま自分は、目的を持って生きている。そう思っただけでも、世の中が明るくなるのだった。

千成屋は農家兼業の旅籠だったので、客間は四間しかなかった。あとは筵敷きの勝手と土間、それに湯殿と雪隠があるだけだった。四間とも相宿で、一間につき同室者が三、四人いた。仙太郎と一緒の部屋には、行商らしい男が二人と上方訛りのある老人が寝た。右隣の部屋には、夫婦者が二組いる。

左隣の部屋が、夜の九時をすぎても騒がしかった。馬市からの帰りの馬喰《ばくろう》が、四人連れで泊っているのである。徳利の冷や酒を呷《あお》りながら、いいなんご賭博をやっているらしい。なんご賭博というのは、手に小銭を握ってその枚数をあてさせる単純な博奕であった。それでも、大声は挙げるし笑ったり口惜しがったりする。

部屋の境は襖《ふすま》一枚である。やかましいのは当然であった。当時の九時すぎはいまの真夜中であり、睡眠を妨害されては明日の道中にも支障を来たす。だが、これまでの人生の大半を旅先で過して来た仙太郎にしてみれば、珍しくもないことだし馴れっこになっている。それに疲れていたから、うとうとしかけていた。

突然、右隣の部屋で女の悲鳴が起った。雪隠に立った馬喰のひとりが、帰りがけに二組の夫婦者が寝ている部屋の襖をあけたのだった。酔っていて間違えたのか、そう装って故意に侵入したかのどちらかであった。二組の夫婦者にしても、うるさくて眠れずにいたのだ。それで、間髪を入れずに、女が悲鳴を上げたのである。

「やかましいぞ！」

「いいかげんにしろ！」

耐え切れなくなったように、仙太郎と夜具を並べていた二人の行商人がそう怒鳴った。とたんに、左隣の部屋がシーンと静まり返った。次の瞬間、殆ど同時に左側と右側の襖が荒々しく開かれた。左側には三人の馬喰が、右側には女たちに悲鳴を上げさせた男が、それぞれ仁王立ちになっていた。酔っている上に闘争心を剥き出しにしているから、揃ってひどい悪相をしている。

刃物の類は持っていないが、着物の袖や裾をまくって凄味を利かせていた。旅籠の主人なり使用人なりを呼べば仲裁にもはいるだろうが、この時間ではもう裏手にある住いのほうへ引っ込んでしまっている。面倒なことになったと思ったが、仙太郎は知らん顔で寝た振りをしていた。

「おらたちを、誰だと思ってやがんだ！」

いちばん若い馬喰が、ドスンと畳を踏み鳴らした。起き上がった二人の行商人が、顔色を変えて部屋の隅へ逃げた。二人の馬喰がそれを追いつめて、殴る蹴るの乱暴を始めた。二人の行商人は泣き声を上げて助けを求めていたが、そのうちに顔を血だらけにして畳の上に転がった。それを眺めながら徳利に口をつけて酒を飲んでいた馬喰が、いきなり仙太郎の腰のあたりを蹴飛ばした。

「旅人さんよ、狸はよしな」

その馬喰は、仙太郎の顔の上で徳利を傾けた。仙太郎は、目を開いた。そこへ、酒が流れ落ちて来た。仙太郎は飛び起きて、濡れた顔を拭いた。馬喰たちが、大声で笑った。徳利を手にした馬喰が懐中から四つに折った紙を取り出して、それを仙太郎の顔の前で広げた。

「これが何だか、わかるか。おめえも渡世人なら、知っているだろう」
その馬喰が、急に威厳を作って言った。その紙には、筆書きで次のような字が記されてあった。

譲　状
一、上札四拾五枚
一、中札五拾参枚
一、下札五拾九枚
嘉永二年八月十日
浅科《あさしな》村八幡一家　久蔵
請取人　追分紋吉

もちろん、この譲状が何を意味するか、仙太郎には一目でわかった。賭場で現金の代用として使う木の札を、駒札と言っている。何枚と書いてあるのは、その駒札のことだった。上、中、下はその駒札の値価であった。つまり、『駒札渡し』と言って、親分が誰かに跡目相続をさせるとき、その者に自分の駒札を譲り渡すのである。譲状は、その証文であった。

「追分の紋吉とは、このおらのことさ」

馬喰は、仙太郎を睨みつけた。

「それは、おめでとうさんで……」

仙太郎は正座すると、形だけ頭を低くした。しかし、八幡一家の久蔵親分という名前は、あまり聞いたことがなかった。

「そんな挨拶じゃあ、気に入らねえぜ。おらあ、一家の親分だ。おめえは、ただの旅《たび》鴉《がらす》じゃねえか。それならそれらしい挨拶の仕方ってものがあるだろう」

「ここは旅先の旅籠屋でござんしょう。堅苦しいことは、ご勘弁願います」

仙太郎は、苦笑した。相手になりたくないのである。騒ぎを起して役人の調べを受けるようなことになったら、ここまで急ぎに急いで来たのが水の泡になる。目的を持つ身体だと思うと、いつになく用心深くもなるのであった。

「野郎！」

紋吉という半ば渡世人の馬喰が、怒声を発した。馬喰は夜具の下に足を突っ込むと、そこにあった仙太郎の長脇差《ながどす》を弾き飛ばした。それを拾った若い馬喰が、紋吉の手許へ投げ渡した。仙太郎は無表情のまま、冷やかにそれを眺めやっていた。紋吉は、長脇差を抜いた。隣室で、女たちが小さく叫び声を上げた。だが、それよりも馬喰たちの驚きの声のほうが大きかった。

「道理で、軽いと思ったぜ」

紋吉が、抜いた長脇差を畳の上に投げ出した。長脇差は行灯の下に転がったが、光りもしなかった。それは、金属製の刃物ではなかった。鞘に納まる長さに切って、薄く削った竹のヘラだったのである。

「この野郎、これじゃあ狸寝入りを決め込むはずだ」

紋吉が、大声で笑った。ほかの馬喰たちも、ゾロゾロと仙太郎の周囲に集まって来た。いびるための獲物には、持って来いの相手だと思ったのである。だが、このとき呼吸の乱れが、仙太郎を襲った。軽い咳が、次第に強く激しくなった。

「野郎、今度は病人の振りをするつもりらしいぜ」

馬喰のひとりが、仙太郎の背中を蹴った。仙太郎の口から、鮮血が迸り出た。それは畳の広い範囲に飛び散り、馬喰たちの足許に真赤な花模様を描いた。喀血《かっけつ》は、一度で止まらなかった。仙太郎の喉が異様に鳴る度に、ピンク色の血が畳へこぼれた。

「この野郎、本当に病人だ」

「おい、これは労咳《ろうがい》だぜ、それも、死にかけているやつだ」

「労咳だって！　そばにいると、染《うつ》るぞ」

馬喰たちは口々に言って、慌てて左隣の部屋へ逃げ込んだ。襖が音を立てて、しまった。同室者の男たちも、気味悪そうに離れてすわっていた。仙太郎は肩で喘ぎながら、明日も予定通り早立ちをしなければと考えていた。いままで以上に急がないと、身体が持たないかもしれないのであった。

4

翌日、雨は上がっていた。しかし、雲の厚い曇り空で、いつまた落ちて来るかわからなかった。仙太郎は馬をやめて、自分の足で歩くことにした。そのほうが、気力が充実する。馬の背でのんびり揺られていると、昨夜の喀血のことを深く考えたりしそうであった。まず、喀血したことを忘れなければならない。いまに始まったことではなし、苦にしなければ身体の衰弱も気にならないのだ。

芦田《あしだ》、八幡、岩村田、追分、沓掛《くつかけ》、軽井沢、そして坂本と上州にはいって一泊。次の日は松井田、安中、高崎、倉賀野まで来て中山道に別れを告げ、玉村宿に泊った。相変らず曇天続きだが、雨は降らなかった。玉村宿の旅籠屋では宵の口から眠り、その代わり七ツ立ち、午前四時に日光裏街道を北へ向かった。今日のうちには、どうしても目的地につきたかった。

三筋の仙太郎は、飛ぶように歩いた。長年旅をして過したのも、このときのための鍛錬だったのだと、彼は自分に言い聞かせた。寸時も休まず、ただ足を動かし続けた。前こごみになり、菅笠の上の一面が前に向けられていた。異常な早さであった。大胡《おおご》、大前田、神梅《かんばい》をすぎ、足尾銅山街道にはいった頃、仙太郎は歩きながら握り飯を頬張った。そのあたりから足尾まで、六里の道程であった。

夕闇が濃くなり始めて、ようやく足尾の街を目の前に見た。かつては幕府の銅山奉行の管轄下にあって、足尾千軒などと繁栄を誇っていた街も、いまはすっかりさびれてしまっていた。文化文政の頃から銅山が廃鉱同然となり、定住していた関係者たちも四散して、地元の人は丹礬《たんばん》を拾い集めて何とか生活している状態にあったのだ。

この足尾から、南へ下る道がある。峠越えをして粕尾、粟野《あわの》、鹿沼《かぬま》、宇都宮へと抜けられるが、とても街道と言える道ではなかった。旅人は通らない山の中の間道であった。足尾から半里ほどで、内ノ籠の里についた。すぐ南に地蔵峠らしい山があり、内ノ籠はその麓の静かな里だった。畑が広がり、白壁をめぐらした大きな農家や雑木林の陰の百姓家が、疎らに点在していた。

千代という女の住む家を、通りがかりの農婦に訊いた。農婦は無言で、正面にある森を指さした。三筋の仙太郎は、畑の中を森へ向かって歩いた。目的地に辿りついたという実感が湧き、とたんに鎖を引きずってでもいるように足が重くなった。粕尾の半次と命を賭けて必ず書状を届けると約束を交わした妻籠の宿から、約七十里の急ぎ旅がいま終わったのである。

短い石段をのぼると、土塀で囲まれた素人家《しろうとや》があった。農家ではないし、かと言って屋敷というほどの規模でもない。隠居が風流を楽しむ、といった茶屋ふうの造りであった。小さな門をくぐると、庭の端で水車が回っているのが、こぼれる水の白さでわかった。この辺の地主の、別宅かもしれなかった。渡世人の住まいにしては、立派すぎる。半次は多分、地主の娘である千代と惚れ合って夫婦になったのに違いない。

「お伺いさせて頂きやす。お千代さんのお住まいは、こちらでござんしょうか」

枝折戸《しおりど》の前にいた下男らしい老人に、三筋の仙太郎は声をかけた。

「へえ……」

焚火の始末をしていた下男らしい老人は、胡散臭そうな目で仙太郎を見返した。

「粕尾の半次さんに旅先で、お千代さんへの書状を頼まれて参った者なんでござんすが、お取次ぎを願えませんでしょうか」

「ちょっと、お待ち下せえよ」

粕尾の半次という名を聞くと、老人はあたふたと庭の奥へ走り去った。仙太郎は、そのまま地面にすわり込んだ。気が緩むと、もう心身ともに自由にならなかった。仙太郎は、まだ燻《くすぶ》っている灰の下の赤い榾火《ほだ》を見守った。白っぽい煙が、暗い夜の空へ垂直に立ちのぼっている。その煙に、秋の匂いがした。

仙太郎は気をとりなおして、振り分け荷物の片方を開いた。中から千代宛の書状と虫封じの護符を取り出すと、振り分け荷物を元通りにした。庭で、白いものがチラッと動いた。女の顔であった。女は庭を横切り、枝折戸から出て来た。ナス紺の着物に、すんなりとした肢体を包んでいる。顔と庭下駄を突っかけた素足が、くっきりと浮かび上がるように白かった。

切長でもの怖じしないぱっちりとした目、整った鼻、花弁のように繊細で形のいい小さな唇、髷《まげ》が重そうに細い首、上品で艶っぽい美人であった。二十五、六で、最も女っぽくなる時期だった。鄙《ひな》にも稀な、どころではない。一年中あちこちを旅して歩いていても、これほどの美人にはそうめぐり会えるものではなかった。

「お千代でございますが……」

女は焚火の向こうで、煙を避けるように乗り出した。多少、戸惑ったような面持ちだった。仙太郎が地面にすわり込んだまま、動こうともしないからであった。千代は更に、こちらを覗こうとして身体の向きを変えた。そんな姿態の腰のあたりの線が、ひどく煽情的だった。

「みっともねえ格好で、どうぞ勘弁してやっておくんなさい」

仙太郎は、地面に手を突いて立ち上がろうと努めたが無駄だった。腰から下が、麻痺してしまっている。気力を、使い果したのであった。

「ずいぶん、お疲れのようで……」

千代が、近づいて来た。近くに来ると、また匂うような美しさであった。

「木曽路の妻籠宿から、真直ぐ飛んで来たもんで……」

「まあ、木曽から……。とにかく、どうぞ中へおはいりになって下さいまし」

「いえ、まだ先があるんで、ここで失礼させて頂きやす」

「これから、どちらへ？」

「半次さんから、もう一通の書状を預かって来てますんで。届け先は、粕尾の利三郎さんというお人のところなんです」

「これから粕尾までなんて、とんでもない。土地の人にも、夜の峠越えはできゃあしません」

「そうですかい」

「さあさ、中へはいって、一休みして下さいましな」

「では、とりあえず預かって来たものを、お渡し致しやす。受け取っておくんなさい。ようござんすね。確かにお渡ししましたよ。ようござんすか、間違いなく受け取ってくれましたね。間違いなく……」

　書状と虫封じの護符が千代の手に渡ると同時に、仙太郎は意識が混濁して夢を見ているような気分になった。仙太郎は、地面に横倒しとなった。千代が人を呼んでいる声を遠くに聞きながら、仙太郎は気を失った。

目をあいたとき、旅先の旅籠屋にいると錯覚しそうになった。しかし、旅籠屋の夜具にしては、柔らかすぎた。寝臭さもなく、むしろ白粉《おしろん》のような甘い匂いがした。ただ身体の軽さから、十分に熟睡したという自覚だけはあった。朝と言っても、昼に近いのではないかと察しがついた。

客間らしい座敷で、縁側の向こうに庭があった。植込みの陰で、水車が回っている。それを見て、ここがどこであるか思い出すことができた。千代に書状と護符を手渡したとたんに、気を失ったという記憶も蘇った。晴れてはいないが、薄日が射している。手入れの行き届いた庭を眺めていると、昨日までのことが嘘のように思えて来る。

人の気配がした。次の間へ、誰かがはいって来たのだ。男の声が聞えた。襖が細めにあいて、千代の顔が半分覗いた。仙太郎は、夜具の上に膝を揃えてすわった。真新しい浴衣《ゆかた》を着せられていた。枕許の油紙の上に、水を入れた桶と手拭いが置いてあった。

「お目覚めだったんですか」

襖を完全にあけて、千代が部屋の中へはいって来た。赤ん坊を抱いていた。そうしていると、千代には若妻らしい別の美しさが、感じられた。彼女の背後に、六十前後の男がいた。髪が半ば白く、でっぷりとした金持ちのご隠居という感じの男だった。着ているものも、安物ではなかった。貫禄もあって、生活に苦労している顔ではない。

「千代の父親でございまして、善助と申します」

その男は、仙太郎に向かって律義に挨拶をした。

「ご丁寧なご挨拶、恐れ入りましてござんす」

仙太郎は恐縮しながら、やはり千代の父親は大地主か何かに違いないと思った。

「この度はどうも、これの婿のことで大変なご苦労をなすって下さったそうで、わたしからも厚くお礼を申し上げます」

善助は、下げた頭をなかなか上げようとしなかった。

「半次さんのことにつきましては、心からお悔み申し上げます」

仙太郎は、短い間瞑目した。千代も、顔を伏せていた。

「正直なところ、わたしも千代もあの婿のことは諦めておりました。薄情なようでございますが、これで何か気がすんだように思えてなりません。わたしはいましがた、何も知らずにここへ寄ってみたんですが、婿が死んだと千代から聞かされてもまだ涙も出て来ないような次第でして……」

善助は縁側へ手をのばして、盆栽の向きを変えた。善助は渡世人の半次を嫌い、千代の婿にすることにも反対だったのに違いない。夫婦になってから千代も半次に愛想をつかして、いまでは子どもだけを楽しみに生きているのかもしれなかった。

「男のお子さんですかい」

話題を変えるために、仙太郎は千代の腕の中の赤ン坊へ目を移した。

「ええ、勇吉っていうんですよ」

一瞬、いかにも母親らしく、千代は嬉しそうな顔をした。この勇吉という赤ン坊が、癇が強くてよく夜泣きするのだろう。それで半次は、虫封じの護符を持っていたのに違いない。幾ら女房や義理の父親に嫌われている半次にしろ、そんな心根を察すれば哀れであった。

「どうれ、坊や、さあ、こっちへ来なさい」

善助が両手を差し出して、千代から赤ン坊を受け取った。善助の温厚な顔が、一層緩んだ。やはり善助も、孫には目がないのだ。善助は赤ン坊に頬ずりをしながら立ち上がると、調子っぱずれの子守唄を歌って庭へおりて行った。

「仙太郎さん……」

千代が、思い切ったように顔を上げた。

「どうして、あっしが仙太郎だってご存知なんですかい」

仙太郎は、左腕に巻きつけてある綱を指先でグルグル回した。まだ名前を明かした覚えはないのである。

「書状に、書いてありました。最後まで面倒を見てもらったということも、あなたが三筋の仙太郎さんだっていうことも……」

千代は、ふと暗い顔になった。

「なるほど、そいつは気がつかなかった」

仙太郎は、気拙《きまず》くなって、庭先へ視線を投げた。

「その左腕に巻いてある綱は、何なんでしょうか。昨夜それをはずそうとしたんですけど、何もわからないはずの仙太郎さんが腕を引っ込めて触らせようとしないんです」

「これですかい」

仙太郎は、左腕の綱を軽く引っ張った。半次も、同じような質問をした。夫婦というものは、似たようなことを気にするのかもしれない。だが、仙太郎はここでもまた、はっきり答えようとはしなかった。左腕の綱については、口で説明しようがなかったのである。

5

正午すぎには、地蔵峠を越えて粕尾へ向かうつもりだった。残っているもう一通の書状を、利三郎という半次の兄貴分に手渡さないうちは、どうにも落着けなかったのだ。しかし、その反面では書状を利三郎に渡してしまうことに、心残りを覚えるのであった。そこで、半次に頼まれたことが、すべて果されるわけだった。

再び、目的のない人間に戻る。いままで通り、アテのない旅を続けなければならない。残り少ない命を、虚ろで怠惰な日々のうちに消耗したくはないのである。目的を持てばどんなに生き甲斐があるかを、一度味わった仙太郎には、その充実感が忘れられないのであった。

峠の彼方へ、行かなければならない。しかし、峠の彼方へ行けば、そこで何もなくなるのだった。そんな気持でいたので、もう一日休んでからと善助に引き留められると、仙太郎はさっぱりと出立を断念してしまった。たった一日だけの違いである。だが、もう一日生き甲斐を持てるということに、仙太郎はひどく未練を感じたのであった。

夕食は、千代が給仕をした。不思議と、食欲があった。暮れなずむ夕暮の中に、空を横切る地蔵峠の稜線がある。鴉《からす》の声が、遠く近くでしていた。

「善助さんは、泊って行きなさるんでござんすかい」

仙太郎は、熱い白湯《さゆ》をすすった。

「来れば、必ず離れに泊って行くんですよ。勇吉を、抱いて寝たくてね」

眩しそうな目をして、千代は白い歯をこぼした。

「そういう気持は、あっしなんか一生知らずじまいでしょうがね」

仙太郎は、自嘲的な苦笑を浮かべた。

「明日は、雨になりますよ」

千代が、遠くの空を見て言った。

「また、ですかねえ」

「地蔵峠が半分以上も、煙って見えないでしょう。ああなると、必ず翌日は雨になるんです」

「どうして、地蔵峠というんですかい」

「峠の中腹に、百地蔵があるからなんだと思います」

「明日は、その百地蔵を拝めますね」

「やっぱり、明日にでも粕尾へいらっしゃるつもりなんですか」

「半次さんの頼まれものを……」

「ここに、置いて行かれればいいのに。粕尾へ行く土地の者に頼んで、届けさせればいいんですしね」

「そうは参りませんよ。おかみさん。半次さんは息を引き取る間際まで、あっしの腕を握り泣きながら、どんなことがあっても間違いなく届けてくれと念を押し通したんでござんすからね。あっしの手で届けなければ、半次さんとの約束を破ったことになりやす」

「そりゃあそうでしょうけど、仙太郎さんだって忙しい身体なんでしょう」

「とんでもござんせん」

「仙太郎さんの、生まれ故郷はどこなんですか」

「それが、わからないんで……」

「わからない？」

「親子三人、旅から旅へと流れ歩いていたようでした。どんな商売をしていたのかも、子どもだったあっしにはよくわからなくて……」

「それで、いつ親許を離れたんです」

「九つのときでした」

「九つ……」

「あっしが何かをしたっていうんで、酔っぱらいの浪人者がひどく怒りましてね。詫びを入れに間にはいった父親が、その浪人者に斬られて……」

「まあ」

「二日たって、父親は傷跡が腐り始めて死にました」

「でも、おっかさんのほうは、無事だったんでしょう」

「ところが、その母親っていうのが怒りましてね。お前が、おとうを殺したんだ。自分にとっては、お前よりおとうのほうが大切だったんだって、半狂乱になってあっしを責めるんですよ」

「ひどいことを……」

「九つだったあっしには、どうしていいかわからねえ。とにかく責められたくない一心で、母親のところから逃げ出しちまったというわけなんで……」

「それからは、ずっとひとりだったんですね」

千代は、やりきれないという顔で、深々と溜め息をついた。千代はなぜこんな話をさせるのだろうかと、仙太郎はふと気になった。話の最初は、わざわざ粕尾まで行く必要はないということだった。そこから進展して、生まれ故郷はどこかという質問になった。つまり、千代は粕尾へ行くためにここでぐずぐずしているより、早く生まれ故郷へ帰ったらどうだと言いたかったのだろう。

どうやら千代は、仙太郎がここにいることを望んでいないらしい。もう一晩泊って行けと引き留めたのは善助であって、千代は何も言っていないのだ。千代は、仙太郎を敬遠している。その理由は、仙太郎が意識を失ったあと、咳込んだ拍子にまた血を吐いたからなのに違いなかった。千代は、仙太郎が労咳にかかっていることを知ったのである。

労咳を病む人間は、疫病神として嫌われる。特に子持ちの母親であれば、子どもへの伝染を極度に恐れるのだ。だから、千代としては一刻も早く、仙太郎にここを出て行ってもらいたいのである。だが、それでは苦労して書状を届けに来た人間に対して、冷淡すぎる。そこで旅先にいては労咳は治らないから、早く生まれ故郷へ帰って養生すべきだとすすめるつもりだったのだろう。

しかし、仙太郎に生まれ故郷などありはしない。ここを出たあと、またほかの土地へ旅を続けるだけのことだった。仙太郎には、千代の気持を無視するつもりはなかった。明日になったら、どんなことがあっても必ずここを出て行く。だから、安心して欲しかった。生き甲斐を持てるのはあと一日だけ、どうやらそれで諦めなければならないようだと仙太郎は思った。

夜になってもそのことが、気になって眠れなかった。というより、眠るのが惜しかったのである。眠ってしまえば、あっという間に朝になる。朝になれば、ここを出立しなければならない。地蔵峠を越えて粕尾までは、半日で十分だという。明日の午後には、行くアテのない旅人《たびにん》三筋の仙太郎に戻っているのだった。

いまは少しでも長く、目的のある自分であることを味わっていたかった。それには、矢鱈と眠らないことである。仙太郎は雨戸をあけて、庭に出てみた。漆黒の闇だった。もう夜中なのだ。人家の灯が、見えるはずもなかった。星もない。千代の予告通り、間もなく雨が降り出すのかもしれなかった。

音が聞えた。水がこぼれ、杵《きね》が穀物を突く音であった。水車である。目には何も見えないから、人間の足は自然に音のするほうへ向く。仙太郎は小川にかけられた板を渡り、ぶらぶら水車小屋の裏手へ回った。そこに、椎の木の小さな林があった。その陰に、小ぢんまりとした別棟の建物がある。善助が孫の勇吉と寝ている離れに違いなかった。

仙太郎は離れの前を通り抜けて、水車小屋の反対側へ回ろうとした。だが、そこでギクリと足を止めた。不意に、人の声がしたのである。仙太郎は自分がやましいことをしているような気がして、四肢を凝縮させた。人の声はもちろん、離れの中から聞えて来たのであった。

「いいから、ここにいるんだ」

今度は、鮮明な男の声が聞えた。善助の声であった。

「そんなことをしたら、変に思われますよ」

仙太郎は、息をのんだ。間違いなく、千代の声なのである。こんな時間に父親と娘が、離れで何を話し合っているのだろうか。目の前に、濡れ縁と腰障子がある。雨戸を一枚、しめ忘れたらしい。

「もう、ぐっすり眠っているだろう」

「あ、いや……」

帯がシュッと鳴る音がした。声も音も、筒抜けだった。

「すぐ、もっともっととせがみ始めるくせに……」

善助が淫らに、低い声で笑った。

「こんなときに、そんな気にはなれません」

「こうされてもかい」

と、二人の声が、跡切れた。夜具が動き、投げ出されるような音がした。間もなく、千代の乱れた息遣いが聞えて来た。その合間に、短くて小さい叫び声がはいった。父親と娘のやることではなかった。善助と千代の関係、いや彼らにとって半次はいったい何だったのだろうか、と仙太郎の目が鋭くなった。

「いや、いや、今夜は堪忍して……」

千代が、譫言《うわごと》のように、力なく言った。

「今夜はこうして、朝まで何もかも忘れているんだ。勇吉もここにいるし、わたしたち三人だけは無事でいられるじゃないか」

「恐ろしい人……」

「お前にとっては、やさしいだろう。ほら、こうしてやろう」

「ああ……」

甘く悶えるような声を洩らして、千代の荒々しい息遣いが一層早まった。畳を蹴るような音がして、一定のリズムに乗った律動が気配として伝わってきた。千代の喘ぎを押し殺したような悲鳴に近い声が、絶えることなく続いていた。もう、言葉を必要とする段階ではなかった。

足音を忍ばせてその場を離れると、仙太郎は母屋へ走った。深い事情はわからない。だが、何かある。ここにいれば三人だけは安全だと、善助が言っていた。その言葉を裏返せば、母屋にいては危険だということなのである。危険は自分に迫っていると、仙太郎は本能的に嗅ぎ取っていた。

仙太郎は浴衣を脱ぎ捨てると、腹から胸にかけて巻いてある晒《さらし》を強くしめ直した。帯を二本巻き、手甲脚絆をつけた。着物の後ろの裾を帯にはさんで、やや高めに引っ張り上げた。中身は竹ベラの長脇差を、急角度に落し込んで、行灯《あんどん》の火を消すと、縁側に出てそこで草鞋をはいた。

待った。まだ、何も起らない。何のための罠なのか、見当がつかなかった。しかし、善助が一枚噛んでいることだけは、確かであった。今夜もう一泊して行けとすすめたのは、善助なのである。千代は、そのことを恐れていたのだ。だから、仙太郎を引き留めようとはしなかった。それどころか、千代は何とか仙太郎をここから逃がそうとしたのだった。それで粕尾へも行くな、生まれ故郷へでも帰ったらどうかと、それとなく出立を促したのに違いない。

果して、雨が降り出した。もう、数時間がすぎている。七ツ、と仙太郎は時刻を読んでいた。七ツ半、午前五時、ついに来た。二人や三人ではなかった。庭のあちこちで、人影が動いた。十人は、確実にいる。いずれも渡世人で、すでに長脇差を抜いていた。

「三筋の仙太郎、桶川宿でおめえに斬られた松五郎一家の者だ！　親分の意趣返しに、おめえの命はもらったぜ！」

そう誰かが、大声で呼びかけて来た。なぜこんなところで桶川の松五郎の身内が待ち受けていたのか、と考える余裕もなく仙太郎は庭へ飛び降りると、水車小屋の裏手にある離れへ脱兎の如く走った。

6

　仙太郎は、自分の長脇差を抜かなかった。もちろん、抜いても役に立たなかったからである。離れへ向かったのは、そこが安全だと考えたからではない。善助と千代が何者で、どんな魂胆からこんな騒ぎを招いたのか確かめるためだった。仙太郎は離れの濡れ縁に飛び上がると、腰障子をガラッとあけた。

　そうしておいて、仙太郎は地面に降り立った。長襦袢姿の千代が、先に濡れ縁へ出て来た。続いて寝巻の上に羽織を引っ掛けた善助が、姿を現わした。千代は、蒼白な顔で胸をかかえるようにしていた。善助は、孫を抱いている温厚なご隠居ではなかった。一変して眼光鋭い、凶暴な悪相になっていた。

「善助さん、こりゃあいってえ、どういう仕掛けになっているんでござんすかい」

　仙太郎は、善助に背中で声をかけた。松五郎一家の身内は全部で十一人、白刃を揃えて仙太郎の周囲に半円を描いていた。

「わしはな、粟野の善助と言われて、五十人からの身内をかかえ、ちっとは名を知られていた男だ。もっとも、いまじゃ粕尾の利三郎に跡目を譲って、楽隠居の身だがな」

善助の声までが、急にドスの利いたそれになっていた。

「その元親分が、どうしてこの連中の手引きをしたりしたんですかい」

「わしと、桶川の松五郎とは兄弟分だったんだ。それで松五郎が斬られたあと、その身内十二人をわしのところに預かったのさ。松五郎の意趣返しを果すまで、という約束でな。その十二人はつい先日まで、おめえさんを捜しにあちこちへ旅に出ていたんだ」

「その十二人、十二人というお言葉ですがね。ここにいるのは、十一人ですぜ」

「あとのひとりは、おめえさんに死に水をとってもらった半次さ」

「あの半次さんが……？」

「おめえさんも、血のめぐりが悪いねえ。お千代宛の半次の書状には、この書状を届けに行った男が三筋の仙太郎だ、間違いなく松五郎親分の仇を討てるように手筈を整えてくれと書いてあったんだぜ。おめえさんを斬りたくても、身体の工合は悪いし何かと恩を受けてしまってとてもできねえって、半次は泣き言を書いて来やがった。おい、仙太郎、おめえさんはな、自分を殺してくれと書いてある書状を後生大事にかかえて、木曽くんだりからはるばると夜を日に継いでやって来たとんだ愚か者だったのさ」

「半次さんと、そのおかみさんは……」

「千代は、半次の女房じゃねえ。半次の義理の妹だ」

「すると……」

「そうよ、わしが囲っているんだ。と言っても、ただの妾じゃねえ。わしたちの間には、勇吉という子どもまでいるんだからな。ただ女房がうるせえから粟野には置かずに、こうして峠のこっちに住まわせているっていうだけのことさ」

と、善助は、千代を引き寄せようとした。だが、千代はそれに逆らって、濡れ縁の端へ逃げた。仙太郎は、激しく雨が落ちて来る空を仰いだ。空は乳色に煙り、あたりが白みかけていた。あの半次が、自分を捜し求めて歩いていた松五郎の身内だったとは、と仙太郎は白い息を吐いた。

妻籠宿の旅籠で苦悶しながら死んで行った半次の顔と、朝の日射しの中で冷たくなっていた彼の姿が目に浮かんだ。半死半生の状態で仙太郎を風呂に誘い、湯につかりながら背中の三筋の傷跡をしみじみ眺めていたのも、半次は本物の三筋の仙太郎かどうかを確かめたかったからなのだ。

それより前、三筋の仙太郎だと名乗ったとき、半次は背中で四肢を震わせた。それを激痛に襲われたためだと胡魔化していたが、あのときの半次は愕然となって思わず身を震わせたのに違いない。仮睡している仙太郎をじっと見守ったりしていて、確かに半次の様子は只事ではなかった。

そして半次は死を迎える日の明け方、死力を尽くして二通の書状をしたためたのである。そこには、この書状を持って行く男こそ三筋の仙太郎だから間違いなく殺せ、と書いてあったのだ。それで半次は死ぬ間際まで、必ず届けてくれと繰り返し、命を張ってもという約束をさせたのだろう。恐ろしいほどの、執念であった。

そんなこととは夢にも知らず、自分を殺せという書状を届けに七十里の道をただひたすら急いで来た仙太郎だった。しかも、そのことに生き甲斐を感じたりしたのであった。なるほど、話にならない愚か者かもしれなかった。だが、仙太郎は半次のことを、少しも憎んでいなかった。それだけ半次は親分の松五郎を慕っていたのだし、三筋の仙太郎を見つけ出すことに命を賭けていたのである。半次は、男だったのだ。

その反面、義理の妹の子どものために、虫封じの護符を買ってやったりするやさしいところもあるのであった。仙太郎の腕を握り、最後まですまないと詫びながら、半次は涙さえ浮かべていた。恩を受けた仙太郎に手を出せないというのも、半次の本音だったのに違いない。恩人を死に追いやらなければならない皮肉な所業に、半次は涙を流さずにはいられなかったのだろう。

半次に腹を立てるどころか、むしろ親しみを覚えた。すべてが明らかになって、仙太郎の気分もすっきりした。仙太郎は、左腕に巻いてある綱をゆっくりと解き始めた。

「仙太郎の長脇差は、ただの竹ベラだ。安心して叩き斬れ！」

善助が、そう叫んだ。長脇差の中身まで、調べはすんでいるらしい。

「おかみさん……」

仙太郎は千代を振り返って、ニヤリとした。

「あっしたちが持っている長脇差なんてものは、ひとり斬ればもう使い物にはならなくなる。長脇差はただの腰の飾り物、飾りだったら、竹ベラでも十分でさあ。それから、おかみさんも半次さんも気にしていたこの左腕の綱、どういうことに使うのかこれからお見せしますぜ」

仙太郎は、右の端にいた男に背中を向けた。待っていたとばかり、その男が突っ込んで来た。仙太郎は左へ逃げて、男の腕をかかえ込んだ。男の長脇差が、地面に落ちた。それを拾い上げると仙太郎は、長脇差の柄を握った右手の上から例の綱でキリキリと幾重にも縛り上げた。馴れた手つきで、そうするのに五秒とかからなかった。

次の瞬間、蹴倒されて長脇差を奪われた男の胸に閃光が走った。長脇差を深々と突き刺された男は、まだポカンと目をあいていた。仙太郎は素早く、長脇差を抜き取った。そのまま、水車小屋のほうへ逃げる。十人が一斉にあとを追う。仙太郎は振り向きざまに、長脇差を突き出した。先頭にいた男が、自分からそれを胸に突き刺した。仙太郎はまた、素早く長脇差を引き抜いた。

引き抜いたと同時に、右から迫って来た男の喉を突き上げた。血が噴き出すとたんに、長脇差を抜き取る。それが、一瞬の早さなのである。ようやく男たちにも、柄を握った右手を綱で縛りつけるということの意味がわかりかけて来た。仙太郎は、長脇差で斬ろうとはしない。突き刺すばかりである。これは、長脇差を長持ちさせるための手段であった。

突くだけなら、刃こぼれや長脇差が折れることを、ある程度防げる。大勢を相手にするときは、その点が大事であった。だが、その突き刺すという戦法は、大変なスピードを要求される。刺して抜くというピストン作用を一瞬にすまさないと、そのまま長脇差を持って行かれてしまう恐れがある。

ところが、素早く抜き取るには一瞬間に、かなりの力を要するのであった。そこで、腕だけではなく、全身の力を利用するのである。綱できつく縛って長脇差の柄と右手を一体にしてしまうというのは、そのためであった。そうすれば右手だけではなく、全身の力で長脇差を引き抜くということになるわけだった。また雨の中でも掌に汗をかいても、長脇差の柄から右手が滑るという心配もなかった。

五人目の男が突き刺されて、水車に乗ったまま半回転した。そこで仙太郎は綱を解き、新たに拾った長脇差を前と同じように握った右手ごと固く縛った。足を滑らして小川に落ち込んだ二人を続けさまに突き刺すと、仙太郎は浮き足だった残り四人を追いかけた。二人がぬかるみの中で重ね餅になった。それを一度に突き刺したときは、半分以上埋没した長脇差を抜き取るのに仙太郎も両足を踏ん張らなければならなかった。

ひとりは椎の木を抱くようにして背中から刺され、最後のひとりは離れの濡れ縁のところまで逃げて心臓のあたりを突き刺された。休む暇もなく、長脇差の走る音が耳をかすめた。反射的に身を沈めたが右の頰に鋭い痛みを覚えて、仙太郎の肩に血が滴り落ちた。仙太郎は、右手を地面に尻餅を突いている人影へ向けて繰り出した。

鳥が飛び立つときのように短い叫び声を上げて、善助がぬかるみの中へ転がった。仙太郎の長脇差は、根元から折れていた。折れた部分は、善助の胸から背中を貫いてその両端が突き出ていた。仙太郎は、濡れ縁にすわり込んだ。雨と血と泥にまみれて、まるでドブ川に浮かんでいる人形みたいであった。離れの中を覗くと、勇吉の上に被いかぶさるようにして千代が震えていた。

「おかみさん、もうすみました」

荒い息を吐きながら、仙太郎はそう声をかけた。千代が、全身で振り返った。とたんに仙太郎はひどく咳込んで、口の中に溢れて来た血が沓脱ぎの上に流れた。立って来た千代が、それを見た。

「まあ……」

「これが、三年ほど前からの、あっしの病いなんでしてね」

仙太郎は、照れ臭そうに笑った。

「労咳ですね」

千代が、恐る恐る訊いた。

「どうか、ご心配なく。あっしは、これで立たせて頂きやすから……」

「これから、どちらへ？」

「地蔵峠を越えて、粕尾の利三郎さんのところへ参りやす」

「何ですって！」

「半次さんから預かった書状を、届けなくっちゃあなりやせん」

「そんな馬鹿な、仙太郎さん。半次兄さんはここでしくじった場合のことを考えて、もう一通を利三郎のところへ届けるよう、あなたに頼んだんですよ。その書状にも、これが三筋の仙太郎だから殺すようにと、同じことが書いてあるんです」

「わかっておりやす」

「利三郎は善助親分の跡目を継いで、五十人の身内をかかえています。それに、あなたがここで善助親分と預かっていた十一人を殺したという噂も、間もなく利三郎の耳へはいるでしょう。峠を越えたら、あなたは殺されます。五十人が相手では、ナマス斬りにされるだけですよ」

「それは、承知しておりやす」

「だったら、どうして……」

「半次さんとの約束を、果たさなければなりやせん。それがここ何日かの、初めて知った生き甲斐だったんですからね」

「だって、その書状には……」

「あっしの身体に、もう先はありやせん。今度血を吐いたら、助からねえような気がします。どうせそうなら、半次さんの望みを果たしてやりてえんで、正直なところ、早くあの世で半次さんと会いてえのかもしれません。馬鹿なやつだと、笑っておくんなさい」

仙太郎は母屋へ戻ると、書状のはいった振り分け荷物を持ち、その上から合羽《かっぱ》をまとい菅笠をかぶった。雨は、菅笠を叩くほど強く降っていた。門の前に勇吉を抱き、番傘をさした千代が立っていた。千代は黙って、仙太郎と一緒に石段をおりた。

「善助親分のほうから手を出さなければ、親分だけは刺すまいと思っていたんでござんすが……」

「いいんです。好きで選んだ相手ではなし、勇吉のためにも逃げ出さなければいけないと思っていたんです」

千代は、力なく首を振った。そんな男が相手でも、女とは昨夜みたいな声を出すものらしいと、仙太郎はふと顔を忘れてしまった母親のことを思い浮かべた。『地蔵峠』という石の道標が、右の道をさしていた。

「ずいぶんと、お達者で……。ごめんなすって」

菅笠を前に深く傾けると、三筋の仙太郎は身を翻して地蔵峠への道を歩き始めた。道は森を迂回すると、早くも上りになった。地蔵峠の頂上のあたりは、雲と霧に隠されてまったく見えなかった。雨の中の峠路に、人の姿は三筋の仙太郎ただひとりだった。両側から樹海が迫り、雑草の残っている細い道を小さな水の流れが幾筋も走っていた。

峠の向こうには、死が待っている。だが、峠を越えなければならない目的がある。地蔵峠の彼方《かなた》へ行きたいが、地蔵峠の彼方へ行けばそこで何もなくなる。浮世とは、そんなものだと歩きながら、三筋の仙太郎は呟いた。やがて三筋の仙太郎の後ろ姿は、地蔵峠の雨の中へ消えて行った。

地蔵峠の中腹にある百地蔵の前に、東木曽路の名産と称せられている『お六櫛』が置いてあったことを、土地の者は誰も気がつかなかったという。

暮坂峠への疾走

1

青い汁でも、滴《したた》り落ちて来そうな冬の空だった。その明るくて広い空が、いまの銀次には恨めしい。絶望状態にある人間にとって、雲のない空は眩しいほど美しすぎるのだ。それに、広い空を飛ぶことのできない人間の不自由さを、つくづくと思い知らされる。足許で小三郎が、傷ついた野獣のように吼え続けている。

「一思いに、やってくれ。兄貴……」

小三郎は、上体をよじるようにした。血の気のない顔が、苦痛に歪んだ。それだけの動きで、右胸の傷口から血がドクドクと噴き出した。腹の左側が裂けていて、はみ出た内臓の一部がピンク色に鈍く光っていた。そこからは、もう血も流れていなかった。更に、右の腿と腰に大きな傷があった。

左の頬をえぐられた傷口には、折れた鎌の先が突き刺さったままである。いずれも、よく切れる刃物で斬りつけられた傷ではない。鎌や鋤《すき》、鳶口《とびぐち》、錆びた長脇差《ながどす》といった即席の凶器で突かれ、刺された傷口であった。それだけに、苦痛もひどいのだ。かと言って、助かる見込みがあるわけではない。

「おめえらしくもねえ。弱気になるな」

銀次は、肩をすくめて見せた。しかし、銀次自身にも、それが気休めであることはよくわかっていた。百パーセント、絶望であった。小三郎の命は、あと三十分ともたないだろう。出血が、ひどすぎる。人手を借りたくても、あたりは茫漠とした枯草の広がる山腹なのである。

場所は信州、現在の志賀高原の東の端だった。

善光寺から東へ向かって、渋峠を越えると上州である。その信州街道を、やや南へそれた山間《やまあい》であった。三十人からの農民に追われて、ここまで逃げのびて来た二人だった。信州側へ、引き返すわけにはいかない。上州へはいりたかった。北信州と上州の境にある山脈《やまなみ》は、すぐ目の前に見えている。今年は、珍しく雪が少ない。真白に雪をかぶっているのは、白根山の一部だけだった。山越えも、それほど難儀ではない。

渋峠を越えて上州にはいれば、湯治場で知られている草津や川原湯がすぐだった。しかし、それでも間に合わない。渋峠までだけでも、あと二里はある。小三郎を背負っての足では、三時間はかかるだろう。

九ツ半にもなるかなと、銀次は無情によく晴れている午後一時の空を振り仰いだ。

「後生だ、兄貴。やってくれ、釜茹でにされているようなんだ」

小三郎が、紫色になった唇を嚙んだ。息遣いが荒くなり、その分だけ声が弱々しくなった。いつの間にか、脂汗も引いていた。

「どうにも、辛抱できねえのか」

銀次は、軽く目を閉じた。どうやら、決心しなければならないときが来たようであった。

「できねえんだ」

小三郎が、薄目をあけた。焦点の定まらない目であった。間もなく、何も感じなくなる。できれば、そのときが来るのを待ちたかった。だが、その間もなくが小三郎にとっては、発狂しそうなほど辛いのである。

「すまねえな、小三郎」

「とんでもねえ。兄貴。早く楽にしてもらうんだ、恩に着るぜ」

「大して長かねえ縁だったが、おめえのことは忘れねえよ」

銀次は、思い切って長脇差を抜いた。

「またすぐ、冥土で会えるさ。兄貴だって、長生きできる素っ堅気とは違うんだ。長え別れになるようなことは、言わねえほうがいいぜ」

　小三郎は、再び目を閉じた。安心したらしく、全身を弛緩させた。銀次は掌の中で、長脇差の柄を半回転させた。右手に左手を添える。切先を、小三郎の心臓部に定めた。そのまま垂直に、長脇差の鍔を目の高さまで上げた。両足を大きく開き、腰を入れる。息をとめた次の瞬間、銀次は力をこめて長脇差を真下に突き刺した。小三郎は、声も立てなかった。全身が短く、痙攣しただけだった。

「兄貴……楽に……なった……ぜ」

　小三郎の口から、そんな呻きともつかない囁きが洩れた。その口許に、微かに笑いが漂ってすぐに消えた。銀次は、小三郎の胸に三分の一ほど埋まっている長脇差を引き抜いた。小三郎はもう、血と泥にまみれた雑巾のような物体になっていた。銀次はそれを、小三郎自身の引回しの合羽で包んだ。

　黄色い地に黒の細縞がはいったその引回しの道中合羽は、三日前に須坂の宿場で買ったばかりだった。小三郎はその合羽を汚されまいとして、百姓の群れに追われているときも腕にかかえ込んでいたのである。生死の境にありながらも、小三郎にはそうしたシャレッ気と悠長さがあった。明るくて剽軽《ひょうきん》で、人を笑わせてばかりいた小三郎だった。

銀次は小三郎の長脇差を使って、柔らかそうな黒土の山の斜面に穴を掘った。穴を掘りながら、銀次はたまらない気持になった。自分の愚かさ、甘さが腹立たしくなって来る。いまに、始まったことではない。これまで、何度騙され裏切られたことだろうか。頼まれると、いやと言えない。頼みを引き受けて、その度に損をする。

そういう性格なのだろうが、それも度重なるともうお人よしではすまされなかった。自分の馬鹿さかげんに、呆れ返ることもあった。何のために十年近くも、渡世人として世間の裏表を見て来たのかわからない。相手を信ずるわけではないのだが、頼まれると断わり切れない。それがいつも、騙され裏切られるという結果になるのだ。

いや、やはり人を信じやすい性質なのだと、小三郎を掘り上げた穴へ運びながら銀次は思った。十年前、恋女房のお玉に逃げられたときも、そうだった。銀次は頭から女房を信じ込んでいて、疑うということを知らなかった。お玉が近くに住む四十すぎの浪人者と深い仲だったと気がついたのは、二人が手に手をとって行方をくらませてからのことであった。二人の仲を一年も前から、察していた者がかなりいたのである。知らぬは、亭主ばかりなりだった。

　今度の場合も、末吉という正直そうな若者を、あっさり信じてしまったことがいけなかった。山之内というところの豪農清右衛門に五両を借りたことが因《もと》で、たったひとりの姉を妾《めかけ》として連れて行かれたと涙ながらに訴える末吉の言葉をそっくりそのまま真に受けたのである。姉を救い出してくれという末吉の頼みを断わり切れず、銀次は小三郎とともに清右衛門のところへ乗り込んだ。

　その騒ぎがあっという間に広がって、手に手に鎌や鋤を持った農夫たちが三十人ほど集まって来た。いまになって考えれば、清右衛門はそれだけ小作人の間で人望のあった男なのだ。百姓たちも、口々に抗議した。それによると、末吉というのは札つきの遊び人で、身の回りの世話をする女を捜していた清右衛門に自分の情婦を世話した上、給金の前払いとして五両を先取りしたらしい。

　末吉は、間もなくその五両を使い果した。とたんに情婦の身体が恋しくなり、それを清右衛門に預けておくのが惜しくて仕方がない。それで一芝居を打ち、通りすがりの渡世人に姉を助けてくれと殊勝に頼み込んだりしたわけである。そうとわかって、銀次たちは手を引こうとしたが、すでに遅かった。銀次や小三郎を末吉の同類と見た農夫たちは、群集心理も作用して興奮状態のまま襲いかかって来たのである。

相手が農夫では、長脇差を用いるわけにはいかない。銀次は、道中合羽を振り回しながら逃げた。しかし、ぬかるみに足をとられて転倒した小三郎は、無事にはすまなかった。農夫たちは寄ってたかって、小三郎に鎌、鳶口、鋤の雨を降らせたのである。一応、農夫たちを蹴散らして、銀次は小三郎を救い出した。だが、小三郎はそのときの傷で、すでに死への旅路を急いでいたのである。東へ向かって逃げはしたが、そのこと自体がもう無意味だったのだ。

小三郎とは武州の深谷宿で知り合い、その後二ヵ月、上州と信州を一緒に流れ歩いた仲だった。小三郎はよく喋り、身軽にどこへでも出かけて行く。飯盛女をからかったり、とんでもない嘘をついて人を驚かせたりするのが得意だった。そんなところが、無口で退屈ばかりしている銀次とウマが合う原因だったのに違いない。

小三郎は三枚目でおっちょこちょいではあったが、どことなく信頼できる男であった。口は軽いが、自分の過去のことには一度も触れようとしなかった。いざとなれば、銀次のために喜んで死ぬ。そうした今日、明日の男同士の繋がりというものを、心から大事にしている感じであった。

とにかく、いい道連れを失ったものである。それも、自分の単純さが原因だった。そう銀次は、みずからを責めずにはいられなかった。土をかけると、合羽からはみ出ていたザンバラ髪が震えるように揺れた。銀次は盛り上げた土の上に、小三郎の長脇差を突き立てた。せめて花をと思ったが、この季節では紅葉の枝も見当らなかった。

銀次は、のびた月代《さかやき》にかかった土を払い落した。泥まみれになった緑の棒縞の合羽を肩に回し、飴色の鞘の長脇差を、改めて腰に落し込んだ。渡世人が好んで用いていた大型で浅い菅笠をかぶり、顎の上と下に二重にかかるヒモを固く結んだ。一度だけ土饅頭のほうを振り返り、あとは足早に山の斜面を登った。銀次の念頭からはもう、小三郎との小さな別れは消えていた。

生きていて、一緒にいるから道連れだった。死んでしまえば、縁も何もない。死んだ者を心の中で振り返るというのは、渡世人の世界で滅多にないことだった。そんな余裕がなかった。自分もいつ、野垂れ死ぬかわからない、生きているうちだけが現実であり、野晒《のざらし》が野晒を案ずるようなことはしないのだ。

いつの間にか、そう習慣づけられてしまうのである。死んだ人間のことを思い出すな、堅気の女に惚れるな、自分がいつまでも生きるな、これが銀次たちの世界では、後悔しないための三原則とされているのだった。常にひとりで、自分だけの道を進めば、渡世人として後悔するようなことはないというわけなのである。

小三郎は、死んだ。小三郎は、銀次の進む道から消えたのだ。銀次は、またひとりになった。二ヵ月前に戻っただけのことで、それを大袈裟に考える必要はない。道連れがあるときもあれば、ないときもある。実の親の顔も知らずに生まれた無宿人にとって、この三十数年の人生がそもそもそんなものであった。

山の斜面を登りつめると、街道へ出る。街道と言っても、冬の山越えをする信州街道は人気のない一筋の山道にすぎなかった。風が冷たい。息を吸い込めば胸の底まで冷えるし、吐き出せば白く流れる。銀次は合羽の前を深く合わせると、前こごみになって渋峠の方向へ歩き出した。

だが、百メートルと行かないうちに、銀次は足をとめた。道の脇から、男の声が飛んで来たのである。銀次は菅笠を深くかぶったまま、目だけを右へ向けた。騒ぎがあったばかりである。ここまで農夫たちが、追って来ているかもしれない。用心しなければならなかった。

道の右側にある松の太い根に、三人の男が腰をおろしていた。銀次が足をとめたのを見て、まず左右の若い男が立ち上がった。続いて真中にいた五十年輩の男が、煙管《きせる》をしまいながら腰を浮かせた。三人とも、一目で商人とわかる道中姿をしていた。五十年輩の男は貫禄も気品もあり、大店の主人という感じであった。左右にいる若い男たちは、主人の供をしている手代と見ていいかもしれなかった。

「失礼ではございますが……」

五十年輩の男が、腰を折るようにして近づいて来た。

「もしや親分さんは、上州は太田の在のお生まれで、竜舞の銀次さんとおっしゃるお人ではございませんか」

男は、真剣な面持ちで言った。風に、鬢《びん》の白いものが舞った。銀次は、返事をしなかった。確かに上州太田の在の生まれだし、通称は竜舞の銀次である。だが、どうも腑に落ちない。こんな山道で、まるで待ち受けていたように声をかけて来たのだ。小三郎を死なせたばかりだぞ、と銀次は自分に言い聞かせた。

「竜舞の銀次さんのことは、須坂の綱五郎をお斬りなさったことで評判でございます。国定の忠治親分の再来かと、そんなお噂も耳にしました」

男は畏怖するような目で、銀次を見上げた。国定忠治の再来とは大袈裟だと、銀次は胸の奥で苦笑した。三日ほど前、須坂で大変な剣の使い手だという浪人くずれの乱暴者と、斬り合っただけのことなのである。その綱五郎という遊び人は須坂に住みついて、思うがままに乱暴狼藉を働いていた無法者だったらしい。

誰も手出しをしなかった綱五郎を斬ったというので、土地の人々が大喜びしたのだろう。だが、綱五郎を殺したわけではない。右腕を肩から、左腕を手首から斬り落したのである。それに、そのときは小三郎も手を貸したのだ。綱五郎と渡り合ったのも、たまたま旅籠の小女に泣きつかれてやったことで、例の得にはならない頼まれ仕事であった。国定忠治の再来かなどと、褒められることではなかった。

「その話を耳に致しまして、わたくしどもはこうして親分さんのあとを追いかけて参ったんでございます」

男はもう、竜舞の銀次だと決めてかかっているようだった。

「すると今度は、悪い男の口車に乗せられた二人の親分さんが山之内の地主のところへ強談判《こわだんぱん》に乗り込み、逆に百姓たちから乱暴を受けたという騒ぎにぶつかったんでございます。見物人の話によると、二人の親分さんは百姓たちにどんなことをされても決して長脇差を抜かずに逃げるばかりだった、という話でございました。例え傷つけられても、堅気の百姓衆には刃向かわない。それは間違いなく竜舞の銀次親分とそのお連れさんだと、わたくしどもはなおもあとを追って参ったようなわけでございまして……」

「あっしに、何かご用でも?」

銀次は二、三歩行きかけて、背中で訊いた。用があっても、それを聞くつもりはないと、態度で示したのであった。どんな頼み事だろうと、絶対に引き受けない。銀次の意志は、そのように凝固していた。

「実は、大変なお願い事が、ございまして……」

果して男は、追い縋りながらそう切り出した。

「折角でござんすが、先を急いでおりやすんで……」

「どうぞ、聞いてやって下さいまし。親分さんを男の中の男と見込んで、お願いするんでございます」

「あっしは、それほどの男じゃござんせん。真っ平、ごめんなすって」

銀次は足を早めて、前こごみの姿勢をくずさずに歩いた。

「二日後に、国定の忠治親分がご処刑になるということを、ご存知でございますか。お願いというのも、それに関わり合いのあることなんでございます」

と、男の声が、追ってきた。国定忠治の処刑に関連がある頼み事となると、興味を覚えずにはいられなかった。だが、竜舞の銀次はあえて、振り返るのをやめた。

2

渋峠を越えた。これより、上州路である。銀次は、風に吹かれるように歩き続けた。三人の男が、あとを追って来ていることにも、銀次は気がついていた。まだ、諦めていないのだ。あくまで、銀次に頼みを引き受けさせたいらしい。だが、声をかけるところまで銀次の足には、簡単に追いつけない。三人の男ははるか後方を、必死になって歩いていた。

その夜は、草津泊りであった。旅籠にはいったときから、銀次は三人の男がもう一度姿を現わすことを予期していた。あとを、追って来ているのである。幾度でも繰り返し、頼み込むつもりなのだ。しかし、銀次には何事も、引き受ける意志はない。その意味でも、もう一度はっきり拒絶したほうがよさそうだった。

予期していた通り、夕食をすませた頃になって宿の女中が三人の男たちを案内して来た。六畳の部屋に、銀次ひとりだけであった。旅人が泊ることだけを目的にした平旅《ひらはた》籠《ご》屋であったから、普段であれば二人か三人が一緒の相宿《あいやど》になるところだった。だが、冬になると信州街道は、旅人の往来が目に見えて減る。六畳間にひとりで泊れたのも、そのせいだったのである。

それがいまは、密談には恰好の部屋になったのだ。五十年輩の男は改めて、信州須坂で商家を営んでいる久兵衛という者だと名乗った。人品賤しからず、金に不自由のない身であることは銀次にも察しがついた。その点では、信用できそうな男であった。ただ、いまの時点では、屋号とか職業について詳しくは話せないということだった。

「それも、極く内密に運ばなければならないことを、お願いするためなんでございます」

久兵衛と名乗った男は、急に声をひそめてそう言った。

「だったら尚更、その願いとやらを口に出さねえほうが、ようござんすよ」

銀次の、妙に暗く整っている顔に、自嘲的な笑いが浮かんだ。

「どうしてで、ございましょうか」

久兵衛が、怪訝そうに眉をひそめた。

「話を聞いてしまってから、あっしがお断わりしたらどういうことになるんで……。人に知られては、ならないことなんでござんしょう」

「いや、親分は必ず、引き受けて下さいますよ」

「冗談は、よしておくんなさい。あっしはもう、人さまの頼みを引き受けるのは真っ平なんでござんすよ」

「いいえ、わたくしは信じております。親分さんが引き受けて下さる、というそれなりの理由もございますしね。まず堅気の衆を泣かせてばかりいた須坂の綱五郎を、お斬りになったこと。次に、百姓たちに乱暴されても、決して手をお出しにならなかったこと。この二つだけでも、親分さんが根っからの渡世人だということが、わかるじゃございませんか。それに加えて、親分さんのお生まれは上州太田の在、国定村ともそう大して遠くはないはずでございます」

「国定村の忠治と、まるっきり縁がねえわけじゃあねえと、おっしゃりたいんでござんすね」

「気風《きっぷ》といい、渡世人らしいなさり方といい、お生まれといい、まるで国定の忠治親分そのままではございませんか。お願いでございます、わたくしどものために何卒お力をお貸し下さいまし」

「堅気の衆が、いってえ何を企んでいなさるんですかい。助命の嘆願書もお上ではお取り上げにならなかった天下の大罪人を、今更どうすることもできはしませんぜ」

「そりゃあもう、よくわかっております。忠治親分のご処刑は、黙って見ているほかはございません。お願いと申しますのは、そのあとのことなのでございます。ご処刑のあと、忠治親分の首は三日間晒されることになっているそうでございますが、実はその首を盗み出して頂きたいので……」

「忠治の首を、盗む……?」

「はい、改めて手厚く葬り、末長くその供養を果したいと、わたくしも実はさるお方から頼まれたのでございます」

「さるお方、ですかい」

「お名前を、明かすわけには参りません。ただ、さるお方とだけ申し上げて、ご勘弁を願います。そのお方は、忠治親分から大変な恩義に与り、何とかそれに報いたいの一心でわたくしどもに頼み込まれたのでございます」

「なるほどねえ」

銀次も、国定忠治が堅気の衆から人気を集めていると、噂で聞いて知っていた。だが、処刑後の首を盗んで手厚く葬りたいというほどの忠治の信奉者がいるとは、考えてもみなかった。それも上州ではなく、信州の人間が望んでいることなのだ。同じ渡世人でも忠治とは違いすぎる。銀次はそう思った。

国定忠治にとって、信州が第二の故郷であったことは、数々のエピソードでも明らかである。罪を重ねて追われる身になってからの忠治は、幾度も信州へ逃げ込んでいる。逃げるには、まず関八州取締出役の管轄外へ行かなければならない。かと言ってあまり遠くまで逃げたのでは、子分たちとの連絡に支障を来たすし戻って来るときに不便だった。

関八州取締出役の管轄外であり、上州つまり群馬県に隣接して交通の便もいい地方となると、信州即ち長野県のほかにはなかったのだ。上州から信州へ抜ける街道だけでも五、六本あったし、忠治がしばしば利用した抜け道がほかに二、三本あったのである。

忠治は身に危険が迫ると、数人の子分を連れただけですぐ信州へ逃げ込んだ。そのまま信州に、かなりの期間滞在しているのであった。北信州で賭場荒しをしたり、評判の悪い無法者を斬ったりした記録が残っている。有名な山形屋藤蔵の一件も、信州の小諸が舞台になっている。

もちろん、信州をただ流れ歩いていたわけではない。忠治ほどの大物なら、喜んで迎える心服者もいる。庇護を買って出た顔役も、いたに違いない。忠治がよく足をのばしたという北信州には、わが家同然に過せる住まいがあったのかもしれない。そうしたことで、国定忠治にそれほど強い関心を持つ人間が、信州にいたとしても決して不思議ではないのであった。

天保十三年、三室《みむろ》の勘助殺しのあと関八州取締出役の忠治追及は急になった。すでに三木《みつぎ》の文蔵亡く、日光の円蔵も去った。板割の浅太郎や有力な子分たちが、次々と逮捕され斬られた。忠治は赤城山から、信州へと逃がれた。その後、弘化三年まで忠治は上州へ戻って来なかった。嘉永二年、忠治は境川安五郎という子分に駒札を譲っている。

駒札を譲るのは、跡目相続を意味している。忠治は渡世人としても、ここで隠居の身になったのだ。その翌年の嘉永三年七月、忠治はついに逮捕された。一旦、江戸の勘定奉行評定所に送られて、十二月十六日に処刑の判決が下った。関所破りの罪で、磔に処するという判決だった。

国定忠治は、大戸《おおど》の関所を破っている。大戸は現在の群馬県吾妻郡吾妻町にあって、榛名山の西北の山麓に位置している。その時代も、高崎の先の豊岡で中山道と分かれ、室田、三ノ倉、権田、大戸、長野原、草津と抜ける信州街道の要地として関所が設けられていたのだった。

当時の法律には、関所を破った者は「於其処磔《そのところにおいてはりつけ》」と定めてあった。つまり、関所を破った人間は、その関所のあるところで磔にするというわけである。従って江戸で判決を受けた国定忠治は、再び唐丸籠で上州へ送り返され、大戸で磔にかけられるのであった。判決のあった翌日、伝馬町《てんまちょう》の牢から引き出された忠治は唐丸籠に移されて、二百数十人の警固の役人とともに江戸を出発したのである。

嘉永三年十二月十九日、一行は三ノ倉に到着した。今日が、その日であった。

「二十日つまり明日には大戸につき、翌二十一日にはご処刑だと聞いております。あと、二日しかございません。竜舞の銀次親分を男と見込んで、この通りお願い致しますでございます」

久兵衛は、畳に額をこすりつけた。その後ろにいる二人の若者も主人に倣って、幾度も平身低頭した。

「さあねえ。いかに忠治とは言え、天下の大罪人でござんすからね、その首をかっぱらったとあっちゃあ、あっしまでがとんだ凶状持ちになっちまいますよ」

小さな置き炬燵《ごたつ》から、銀次は両手を抜き取った。熾《おき》をほんの少し入れただけで、薄い布団も冷たく湿っている。少しも温かくない置き炬燵であった。

「失礼ではございますが、ここに三十両ほど用意して来ております」

久兵衛が、若者のひとりを振り返った。その若者は頷いて、胴巻きを抜き取りにかかった。

「あっしは礼をもらわねえと、人の頼みは聞けねえっていうわけじゃござんせん。ただ、引き受けたくねえから、お断わりするまで で……」

銀次は、軽く首を振った。

「そんなことを、おっしゃらずに……」

「いや、断わらしてもれえます」

「親分……」

「親分なんて呼ばれる貫禄は、まだこのあっしにはござんせんよ。それに国定忠治のために一肌ぬごうっていう渡世人なら、ほかに幾らもいると思いますがね」

銀次は、手拭いを肩にかけると立ち上がった。久兵衛は何か言おうとしたが、銀次に見おろされて口を噤んだ。長身で、大柄な身体である。表情を引き締めると、端正な顔に凄味が漂う。そんな銀次に、ふと久兵衛も威圧されたのだった。

銀次は、久兵衛たちを残して廊下へ出た。板の間が、足の裏に冷たかった。国定忠治や信州のさるお方には、何の関係も義理もない。小三郎を死なせて、明日からは再びひとり旅だった。幾ら間抜けのお人よしでも、国定忠治の首を盗むなどという危い仕事を引き受けてたまるものか。と、苦笑しながら、銀次は風呂場へ向かった。

3

翌朝、銀次は七ツ半の早立ちをした。早朝の五時である。まさかとは思ったが、久兵衛たちに追われることを警戒したのだった。久兵衛たちが、どこの旅籠屋に泊っているのかはわからない。もちろん、一緒の旅籠屋に泊ったのではなかった。銀次が一泊したのは、客間が四部屋しかない平旅籠屋であった。それでも相宿ではなかったので、熟睡することができた。今朝は、身体が軽かった。

草津から長野原へ、長野原から鳩の湯、須賀尾を通って大戸へ出るつもりだった。長野原から南へ下って、須賀尾峠を登った。その頂上で、昼飯である。こんなところでは考えられないほど、人々の往来が盛んであった。長い道中の旅人より、近郷近在から出かけて来たという感じの男女が目立つようだった。昼飯どきでもあり、峠の頂上で一服する人々の姿が多かった。

「それにしても、忠治親分の人徳というものは、大したものですねえ」

「まったくだ。大戸、須賀尾、萩生《はぎう》、権田、三ノ倉あたりまでの旅籠はもちろん、百姓家も泊りがけの見物人でいっぱいだという話だからな」

銀次のすぐ近くで、行商人と状箱を担いだ帰り飛脚《びきやく》らしい脚夫《きやくふ》がそんな言葉を交わしていた。銀次は握り飯を頬張りながら、澄み切った空に一つだけ浮かんでいる淡い雲を見上げた。やはり、忠治の処刑に、まったく無関心ではいられなかった。むしろ、心の中では興味が募る一方であった。それは多分、処刑後の忠治の晒し首を盗んでくれと、頼まれたりしたせいだろう。頼みは引き受けなかったが、何か他人事《ひとごと》のような気がしない。誰かが代わりに忠治の首を盗むのではないか、とそんな好奇心もあった。

銀次は、急に先を急ぎたくなった。弁当を食べきらずに立ち上がると、足を早めて須賀尾峠を下った。鳩の湯は通りすぎて、須賀尾で宿を捜すことにした。なるほど、いつになくこの鄙びた街道が、まるで祭礼のように賑わっていた。飛脚が言っていた通り、泊めてくれるところは容易には見つからなかった。もともと、旅籠屋らしい旅籠屋はないところであった。

百姓家に仮の宿を、頼み込むほかはなかった。だが、少しばかり大きな百姓家だと、もう先約者たちでいっぱいであった。銀次がやっと見つけたのは、年老いた夫婦だけが住んでいる百姓家だった。屋根が傾き壁は崩れ、いまにも倒れそうな貧しい農家である。ガラクタが散らばっている土間のほかに、四畳半と三畳間があるだけだった。

その三畳間のほうを、貸してもらうことになった。そこにあった古ぼけた荷物を残らず運び出して、どうにか部屋らしい恰好がついた。庭に面して破れ障子があったが、雨戸が動かなくなっているので、部屋の中は薄暗かった。そこに銀次が横になって間もなく、この家の百姓夫婦と若い女のやり合う声が聞えて来た。

若い女は、ほかでは全部断わられて来て、残るところはここしかないのだから、どうしても泊めてくれと頼んでいる。百姓夫婦は、三畳間をたったいま貸してしまったから駄目だと、女を追い返そうとしていた。だが、女は簡単に諦めなかった。ついに根負けしたらしく、亭主のほうが三畳間を覗き込んだ。

「すまねえが、もうひとり相部屋で、泊めてやってくんねえか。若《わけ》え女子《おなご》なんだがねえ」

猿みたいな顔をした農夫が、しきりと首をかしげながらそう言った。

「そちらさんがそれでいいと言うなら、あっしのほうは構いません」

すわりなおして、銀次は頷いた。農夫が引っ込むと、入れ違いに若い女が障子をあけてはいって来た。女は部屋の隅にすわると、銀次に向かって頭を下げた。

「ご無理をお願いして、申し訳ございません。信州小諸《こもろ》から参りました静《しず》と申す者です」

女は、そう挨拶した。旅姿とは言え、身につけているものが粗末であった。商家の娘といった感じではない。しかし、挨拶もしっかりしているし、信州小諸からひとり旅をして来たところを見るとかなり気丈な娘らしい。古くは名家だったが現在は零落して、一家が細々と暮らしている。そうしたところの娘ではないか、と銀次は勝手に想像していた。

「あっしのほうこそ、よろしく……」

銀次は、何となく戸惑った。静という女の久しぶりに見る美貌が、銀次には眩しかったのである。二十一、二だろうか。色が白く、切れ長の目が澄み切っている。小さくて丸っぽい鼻が可愛らしくて、花弁のような唇の色が鮮やかだった。

　上品で可憐で、何となく寂しげな愁い顔であった。暗い眼差しが、銀次のそれと似通っていた。

　しかし、銀次のような渡世人には、こうした娘はどうも苦手であった。汚れを知らない純粋性は、別の世界のものなのだ。それだけに、二人きりでいたりすると息苦しくなる。何か悪いことでもしているようで、照れ臭くて仕方がない。娘のほうから話しかけて来るのを、ただ待つほかはなかった。

「大変な人出でございますね」

　静という娘は旅装も解かずに、すわったまま目を膝の上に落していた。

「娘さんも、国定忠治の処刑を見物しに来なすったんですかい」

　銀次は、何気なくそう訊いた。訊いてしまってから、銀次はしまったと思った。静という女が、ハッとなったからである。その目つきには、警戒の色があった。銀次は、悪い質問をしたような気がした。だが、それにしても静という娘が示した反応は、只事ではなかった。どうやら、忠治の処刑を見物に来たというのは、図星だったらしい。

考えてみれば、妙な話である。若い娘がひとりで信州小諸から、国定忠治の処刑を見物に来る。それだけでも、当たり前なこととは言えなかった。その上、処刑を見物に来たのかと訊かれたとたん、狼狽と警戒の色を見せた。そうした旅の目的であることを、静という娘は知られたくないのだ。秘密な行動をとっているのである。

その夜、三畳間いっぱいにのべた煎餅蒲団にくるまって、銀次と静は横になった。一緒に寝ているのも同じで、下手に身動きもできなかった。頭の位置を逆にして寝ているので、銀次は静の顔を蹴るのではないかと気になって仕方がなかったのである。そうでなくても、静の体温を感じただけで胸が苦しくなるのだった。

銀次は、なかなか寝つけなかった。静も同じであった。堅気の娘にとっては、こんな体験は恐らく初めてのことだろう。見知らぬ男と、一つ床に寝る。男が、襲いかかって来るかもしれない。また静自身も、襦袢姿を見られて恥ずかしいに違いなかった。そんな危険や恥ずかしい思いも覚悟の上で、静は忠治の処刑の場に接近しようとしている。銀次はそこに、深い疑惑を感ずるのだった。

足許のほうが、ぽっと明るくなっている。もちろん、こんな百姓家で余分な明かりを貸してくれるはずはない。静が自分で持って来たローソクに、火をともしているのである。当時、ローソクは旅に出るときの必携品だった。渡世人のように長旅を続けている者は持たないが、馴れない旅人は必ずローソクを荷物の中に入れていた。

銀次は、頭をもたげてみた。ローソクの火で何をしているのかと、好奇心が湧いたのだった。俯伏《うつぶ》せになっている静の、横顔が見えた。目を閉じて、寝息を立てている。銀次は上体を起した。小さなローソクの炎が揺れていた。静の両手が、一枚の紙を広げるようにしている。

銀次は、更に首をのばした。紙に何が書いてあるか、確かめるためだった。墨で、線が記してある。概略の絵図のようであった。静は、この絵図に見入っているうちに、ローソクの火を消すのも忘れて、眠ってしまったのだろう。旅の疲れでは、無理もないことだった。

絵図の右端に○印があって、そこに「大戸」と書き込んである。○印から太い線が、左にのびている。つまり、西へ向かう道であった。途中、「須賀尾」「狩宿」「六里ケ原」「大笹」「鹿沢」と、地名が記入してある。その先は、山になっている。浅間山から北へ続いていて上州と信州の境となっている連山であった。

山の名前が南から、「浅間山」「車坂峠」「籠ノ登山《かごのとやま》」「烏帽子岳《えぼしだけ》」「角間峠《かくま》」と並んでいる。道を示す太い線は、籠ノ登山と烏帽子岳の間を抜けて信州の「小諸」に至っていた。その籠ノ登山と烏帽子岳の中間で山越えするところには、「暮坂峠」と書いてある。ほかに、大笹の近くに「忠」という字が、幾つも記してあった。

大戸から西へ向かい、現在の北軽井沢に近い狩宿を通り、浅間山の東の山麓六里ケ原を回って吾妻郡嬬恋村の大笹付近に出る。それから現在は新鹿沢温泉として知られているが、もっと山寄りの旧鹿沢を抜けて暮坂峠を越え信州にはいる。このような経路で、道が記されているのだった。これは国定忠治の信州への逃走経路だ、と銀次は直感した。

そのとき、静が目をあいた。同時に、静は反射的に飛び起きた。絵図面を背後に隠してから、慨てて襦袢の前を合わせた。険しい眼差しであった。明らかに、銀次を非難している。男の行動に対してではなく、絵図を見られたことに恐怖を感じているようだった。銀次のほうも、引っ込みがつかなくなった。

「お静さん、といいなすったね。お静さんはいってえ、ここへ何をしに来なすったんですかい」

銀次は、表情のない顔で言った。静は何も答えずに、視線を燃えつきようとしているローソクへ転じた。

「悪いことは、言わねえ。大それたことをするには、向かねえ若い娘さんじゃござんせんか。処刑された忠治なんかに、関わり合いを持つようなことはおやめなせえよ。このあっしも実は、処刑された忠治の首を盗んでくれなんて、妙なことを頼まれましてね」

「え……！」

静が愕然となって、腰を浮かせた。

「もちろん、断わりましたがね」

銀次は、煎餅蒲団で背中を包んだ。火の気のない夜は、凍てつくような寒さだった。

静は安堵したように、肩を落しながら吐息を洩らした。

「お静さんも、やっぱり……」

「忠治親分の身体の一部を欲しがっている者は、何人もいるそうです。信州にもいい人がいたというし、親分が上州で囲っていたお徳さんとかいう人も親分の腕一本でもいいからと手を回していると聞きました。でも、忠治親分の首だけは、誰にも渡しません。わたしが信州へ持って帰ります。それが、おとっつぁんの遺言だったんです」

静が、もの静かな口調で言った。冷静である。冷静であるだけに、そこには揺るがない決意と異常なほどの執念が感じられる。銀次は、そんな静に強く惹かれていた。

4

嘉永三年十二月二十日、国定忠治は大戸についた。この年もあと十日、処刑の地に師走《しわす》の風が一際冷たかった。新井屋善治平宅に一泊し、ものものしい警固のうちに処刑の日の朝を迎えた。十二月二十一日は、薄曇りの天候だった。見るからに寒空という感じで、無情の風が鄙びた宿場を吹き抜けて行った。

刑場は、大戸宿より南寄り、やや萩生《はぎう》に近い字広瀬というところに設けられていた。街道に沿ってその東側に、竹矢来《たけやらい》で囲んだ刑場が広がっている。当時では、お仕置場と呼ばれていた刑場である。刑場の中心に、磔柱が立てられている。そのすぐ左側に、岩鼻代官所の手代たちが検視役として並ぶ。ご検使さま、と呼ばれる連中だった。

磔柱とご検使さまと三方から囲むようにして、近くの村々から徴用された村民たちが警固役として控えていた。六ヵ村から駆り出された警固人足は、それぞれ色の違う鉢巻きをしめ幟《のぼり》を押し立てている。刑場内は六色の鉢巻きと幟で、彩られているわけだった。街道を隔てた反対側の斜面に、関八州取締出役が四人着席している。その両側に、鉄砲を持った役人たちが並んだ。この四人の関八州取締出役が、最高の責任者であり検分役でもあった。

刑場を遠巻きにして、千五百人ほどの見物人が集まっていた。これに加えて警固の人足や役人が五百人、計二千人の人間がこの大戸の処刑場に集まったということになる。その頃の人口密度から換算して、現在であれば、四万人ほどの人間が集まったと考えていい。このことが、国定忠治の英雄度と犯罪者としての大物ぶりを如実に物語っている。

四ツ半、午前十一時に、処刑が行われることになっていた。それより三十分ほど前に、国定忠治は刑場へ引き出されるわけだった。縄つきのままである。忠治は、目を半眼に閉じてゆっくりと歩いた。ふと、その忠治が目をあいて、斜め後ろにいる役人を振り返った。

「加部安《かべやす》の酒をいっぺえ、飲ましてはくれねえか」

忠治は微笑を浮かべながら、低い声でそう言った。役人は承知して、加部安の酒を取り寄せた。加部安とは、大戸に住む加部安左衛門のことである。加部安左衛門はその頃の、三分限者《ぶげんしや》の筆頭と言われていた。つまり、上州一の大金持ちだったわけである。忠治は信州往来の度にこの大戸を通ったので、加部安左衛門とも面識があった。

その加部安左衛門のところでは、酒も造っていた。忠治は加部安の酒と称して、それがひどく気に入っていたのである。間もなく、その加部安の酒が届いた。役人が一升徳利から、酒を一合升に注いだ。忠治は縄つきのままであり、手は使えない。役人が忠治の口へ、一合升の酒を注ぎ込んだ。

「うめえなあ」

喉を鳴らして一気に飲み干した忠治は、表情を緩めてしみじみとそう言った。

「もういっぱい、飲まぬか」

役人も、そうすすめずにはいられなかった。しかし、忠治は静かに首を振った。

「死ぬのが恐ろしくて、忠治は酒の力を借りたなんて言われたくねえ。これでいい、これでいいんだ。忠治は上州の酒を味い、上州の土に帰る。思い残すことはねえ」

忠治は、再び目を半眼に閉じて歩き出した。忠治の頭の中を何が去来するのか、まったくの無表情であった。

忠治の姿が見えたと同時に、見物人の中にどよめきが起った。見物人たちの殆どが、百姓と思われる人々だった。目の見えない老人もいた。腰が直角に曲がっている老婆もいた。赤ン坊を背負った主婦もいた。涙を浮かべている少女もいた。じっと手を握り合っている父親と息子もいた。老若男女を問わずであった。しかも、面白半分に見物に来ているような顔は、一つも見当たらなかった。

誰も、声には出さない。近くに、役人がいるからである。しかし、よく見れば唇だけを動かしている男女が、何人もいた。それぞれが忠治の冥福を祈り、口の中でお題目を呟いているのだった。合掌している者もいる。地面にすわり込んで、繰り返し頭を下げている老人の姿も見られた。

銀次と静は、見物人の最前列にいた。銀次は異様な雰囲気に呑まれて、緊張感に四肢を硬直させていた。銀次は別に国定忠治を尊敬していなかったし、感謝するほどの恩も感じてはいない。いわば、第三者であった。そういうつもりで、処刑を見物にも来たのである。ところが、この場へ来てからの銀次は、忠治という渡世人の存在の重味に完全に圧倒されてしまっていた。

これほど、堅気の衆から死を惜しまれるという渡世人が、ほかにいるだろうか。同じ渡世人であるだけに、つい自分と比較したくなる。比較してみて、その差の大きすぎることに銀次は気がついたのだった。自分が関所破りをしたとしても、これほど大がかりな処刑は行われないだろう。見物人が、押しかけて来ることもない。

自分がどこで死のうと、世間はくしゃみ一つしないのだ。銀次は、小三郎のことを思い浮かべた。小三郎は墓石もない山中の、土の下で眠っている。そんなことは、誰も知らない。自分もあの小三郎と変わりないのだ。そう思うと銀次には、忠治という渡世人の存在の重さがますます不思議に感じられて来るのだった。

同じ渡世人でも、余程の人物だったのに違いない。だからこそ、久兵衛に頼んだござるお方にしろ、静にしろ命懸けで忠治の首を欲しがりもするのだろう。その執念が、わかるような気がする。遠くから見ただけでも、忠治の貫禄が銀次にはわかった。足の運びに、まったく狂いがない。いい度胸をしていると、銀次は思った。

「忠治親分だけを目の敵にして、こんな酷いお仕置にするなんて……」

不意に、静が吐き捨てるように言った。唇を、白くなるほど噛んでいる。目の回りや瞼が赤く染まっていて、いまにも泣き出しそうな顔だった。

「そいつは仕方ねえや、お静さん。忠治は関所破りを働いたんだ」

銀次は静の耳に口を寄せて、小声で囁いた。静の気持を、柔らげるためだった。感情的になって口走った言葉が、役人の耳にはいったりすれば厄介なことになる。

「そんなことは、名目なんです。お上はただ忠治親分を、殺したいだけなんです」

静も、声を低めて言った。

「お上は、親分の大した勢いが恐ろしくなったんです。それに、忠治親分が最後まで二足草鞋をはこうとしなかったからなんです」

静の言うことにも一理あると思ったが、銀次は黙っていた。静の口を封ずるには、とり合わないのがいちばんだったからである。なるほど国定忠治が二足草鞋をはいて、お上から十手捕縄を預かっていれば処刑を免れることもできただろう。それに関所破りの罪で極刑に処せられたという例は、銀次もほかに聞いたことがなかった。

かつての関所は、厳重なものだった。しかし、この時代には要所要所の大きな関所は別として、その存在価値が薄れ始めていた。抜け道や間道が多くなっていたし、関所そのものが時代遅れで役立たずの制度になっていたのである。だから、関所破りが大々的に騒がれるようなことも、滅多になかった。関所破りを事件として扱うことさえ一種の恥だと、考える役人もいたくらいだった。そうした意味で国定忠治に関所破りの罪を科したのは、確かに極刑に処するための手段かもしれなかった。

このとき、再び群集の間に動揺が広がった。忠治が、磔柱にかけられたのである。忠治の手足を左右に広げて、磔柱に結びつける。お仕置着を左右の袖の下から腰のあたりまで切り裂いて、それを胸に巻きつける。更に胴縄やタスキ縄などをかけてから、磔柱を高々と立てたのであった。

その前に、突き手が二人立った。本来ならば受刑者に目隠しをするのだが、忠治はそれを断わった。見物人の中から、号泣が起った。半狂乱で泣く女の声であった。それに釣られてか、あちこちで嗚咽やすすり泣きが聞えた。風が、音を立てて吹きまくった。突き手が忠治の顔の前で、槍の穂先を合わせた。見せ槍という作法であった。

そのチャンという無気味な音が響くと、刑場の内外は急に静かになった。泣き声も、やんだ。冷たさに赤くなった手に息を吹きかけていた人々も、いまはただ茫然と目を見はっているだけだった。背を向ける男、両手で顔を被う女もいた。

まず左側の突き手が、槍をくり出した。槍は忠治の脇腹から、肩先まで深々と貫いた。槍の先が、肩先から二十センチほど突き出ていた。次に、右側の突き手が同じように刺した。左右交互に、それを繰り返した。血が飛沫《しぶき》となって、磔柱の周囲に飛び散った。忠治は、目を閉じていた。苦痛に耐える表情が、笑っているように見えた。

間もなく、忠治の顔に死相が浮かんだ。絶命したのである。だが、突き手はまだ、槍をとめようとはしなかった。二十数回を突くのが、作法となっているためだった。最後に止め槍ということで、左右から喉を突き上げた。突き手が、磔柱の前を離れた。国定忠治は、このとき四十一歳であった。

静が、銀次の肩に顔を押しつけた。銀次は、一種の悲壮感に捉われていた。静のために、何かしてやらなければならないと思った。

5

銀次と静は、大戸宿から南へ向かった。忠治の首と胴体は切り離されて、胴体は処刑の地に埋められ、首は三日二夜晒されることになっている。晒されている三日二夜は、まだ監視の目が光っていて首を盗むのはとても不可能なことだった。一旦は、大戸を離れなければならない。

当時は一泊するだけで、同じ場所に滞在することは原則として許されていなかった。それに、忠治処刑後の大戸にうろうろしていたりすると、怪しまれる恐れがあった。とりあえず二人は大戸を立って、南の権田宿に泊ることにした。

「忠治の首を盗んだあとは、とにかく闇雲に突っ走らなければならねえ。それには、お静さんの足じゃあ無理だ」

一名草津街道とも呼ばれている道を、南へ向かいながら銀次は言った。

「わたしが、邪魔になるというわけなんですね」

静が、銀次の真意を窺うように、心持ち眉根を寄せた。

「お静さんは明日にでも、一足先に小諸へ向かったらどうだろう。あとのことは、あっしに任せて……」

「でも……」

「その翌日、あっしは忠治の首を盗んで、お静さんと落ち合う場所へ突っ走る」

「でも、銀次さんがどういうお人か、わたしはまったく知らないんです」

「だから、信用できないっていうわけか」

「忠治親分の首を欲しがっている人は、ほかにもいるんだし、銀次さんだって誰かにそう頼まれたんでしょう」

「そいつは、はっきり断わったんだ。お静さん、世の中ってのは皮肉なもんだぜ。三十両出すからと頼まれたのを断わったあっしが、今度は礼など抜きで自分からその気になったのに、お静さんには信用してもれえねえ」

銀次は、乾いた声で笑った。

「じゃあ、銀次さんは本気で、わたしのために……？」

静は熱っぽい目で、銀次を見据えた。

「お静さんと、忠治がお仕置になるところを見ているうちに、気持が変わっちまってね。何とかしてやらなければと思いつめるのが、あっしの悪い癖かもしれねえ」

「でも、わたしには五両とまとまったお金もありません」

「そんな心配は、しねえでいいんだ」

「縁もゆかりもないわたしに、営われることもなく力を貸して、万が一命を落すようなことになったら……」

「お静さんみたいな人のために、何かやりてえ、忠治のような渡世人を、手厚く葬ってやりてえ。名もねえ旅鴉《たびがらす》の気まぐれだ。まあ、気にしなさんな」

銀次は、一層雲の厚くなった空を見上げた。何となく嬉しくて、不思議なほど気が軽かった。

権田宿の旅籠についてから、二人は忠治の首を盗んだあとの逃走経路について打ち合わせをした。静は例の絵図を取り出した。そこに記されている道は、思ったとおり忠治が信州との往来に使った間道であった。この道は冬でも通れるということだった。忠治の首を盗んだあと、この間道伝いに信州へ抜ければいいわけだった。

静は一足先に、明日ここを出発することになった。銀次は明後日の明け方に、忠治の首を持ってそのあとを追う。二人が落ち合う場所は、上州と信州の境目である暮坂峠と決めた。忠治の首を盗むのは明後日の払暁《ふつぎょう》七ツ、午前四時、それから暮坂峠までの約十五里を突っ走るのであった。暮坂峠で落ち合う時間も七ツ、午後四時ということにした。

「これは、何の印ですかねえ」

銀次は、大笹の近くに点々と記されている『忠』という字を指さした。

「この六里ケ原に転がっている大きな岩に、こうして忠の字が墨で書きつけてあるんです。忠治親分が以前、この道を抜けて信州へ逃げのびたとき、子分衆のために残した目印なんだそうで……」

静は忠治を懐しむように『忠』の字を一つ一つ指先で撫で回した。

「余計なことかもしれねえが、お静さんのおやじさんはまた何んで忠治の首を持ち帰れなんて遺言を残したんだね」

「悪い高利貸に引っかかって家も土地も失い、わたしと妹が身売りをしてもおっつかないということになって、一家揃って首を吊るところまで追いつめられたとき、忠治親分に助けられたんです。おとっつぁんは死ぬまで、その恩を忘れることができなかったんでしょう。親分がもしお上の手でお仕置になるようなことになったら、その首を持ち帰って立派なお墓を作って差しあげろって……」

静は、深く項垂《うなだ》れた。人間とは死んだのち首とか腕とかをあちこちから欲しがられるようでなければ、一人前とは言えないのかもしれない。銀次は、そんなふうに思った。自分が死んだら、どうなるだろうか。首を欲しがる者など、ひとりもいないはずだった。そんなものを持ち込まれただけでも、迷惑がって逃げ出すに違いない。

同じ渡世人、名前も字は違うが忠治に銀次。それにしては、あまりにも違いすぎた。銀次は振り返ってはならない過去を、つい振り返りたくなった。ただ流れ歩いていただけで、思い出らしい思い出もない。何とも無駄に、過して来たような気がする。その夜いつまでもそんなことを考えていて、明け方になってから銀次はとろとろとまどろんだ。

起されて目を覚ましたとき、銀次はまだ半ば夢の中にいた。雨戸がしめてあるので、部屋の中は暗かった。隙間から射し込む夜明けのほの白い光が、隣の夜具に落ちていた。そこに、静の姿はなかった。自分を起したはずの静がいない。銀次は一枚だけの敷き蒲団の下へ、手を差し入れた、そこには、長脇差が突っ込んである。

ひどく湿った感じの六畳で、三方がシミだらけの壁だった。床には、畳も敷いてない。板張りで、琉球筵《りゅうきゅうむしろ》が敷きつめてある。農家兼業の旅籠屋だから、客間らしい部屋はないのだ。それだけに泊る客も少なく、今夜も確か二人だけだったはずだと銀次は気がついた。とすると、静が何者かに連れ去られたということは考えられない。銀次は、長脇差へのばした手を引っ込めた。

その手が、何か柔らかく人肌のように温かいものに触れた。銀次は初めて、自分の懐へ目をやった。そこには、匂うような黒髪の髷があった。銀次は、腰を引いた。蒲団の端がずれた。女の白い項と、微かに震えているほっそりとした肩が覗いた。どうやら、身体を縮めているらしい。

「お静さん、こんなことをしちゃあいけねえや」

銀次は、強いて笑って見せた。静は、すぐ顔を伏せた。その両手がおずおずと、銀次の胸へのびて来た。静の全身の震えが、銀次に伝わってくる。

「お静さん」

銀次は、静の肩に手をかけて揺すった。足が触れ合った。一旦は引っ込めたが、すぐ思い返したように静の足は銀次の脛の間に割ってはいった。

「どういうつもりか知らねえが、堅気の娘さんとじゃあ、そんな気にはなれねえんだ」

銀次は、静を押しやるようにした。その溶けてしまいそうに柔らかな胸のふくらみの感触が、銀次の掌に残った。銀次は衝動的に、静を抱き寄せた。こんなに瑞々しい女の身体を抱いたのは、この十年来なかったことだった。

「何も、お礼ができません。これで、勘弁してやって下さい」

静が、喘ぐように言った。銀次は膝頭に、女の火照るように熱い部分を感じた。

「お静さん。その気持だけを、もらっておこう」

銀次は、夜具の反対側に転がり出た。

「銀次さん。そんな……」

「あっしだって、生身の男だ。正直言って、苦しかった」

「だったら……」

「少しは、無理をしているのかもしれねえ。だがなあ、お静さん。おめえさんだって何も報われねえのに、忠治の首を信州小諸まで運んで行こうとしている。その手助けをしようっていうあっしが、お静さんから礼をもらうのは筋が通らねえ話だろう」

「でも……」

「あっしも忠治ほどの男だったら、ちっとは楽な気でお静さんに触れることができるかもしれねえ。しかし、いまのまんまの竜舞の銀次じゃあ、やっぱり嫁入り前の堅気の娘には縁のねえ男さ」

銀次は、障子と雨戸をあけた。乳色に煙った明るさが、部屋に流れ込んできた。銀次は、外を眺めた。目の前に河原があった。その中ほどを冷たそうな水が、音を立てて流れている。烏川だった。川の対岸にある山は、朝霧にすっぽりと包まれていた。

国定忠治の首を盗んで、信州へと突っ走る。それも、頼まれてやることではない。みずから買って出たのだ。これまでには、なかったことだ。名もない渡世人竜舞の銀次の最初で最後の大仕事ではないか、と、気持が充実してくるのを感じながら、銀次は薄日が射し始めた空を振り仰いだ。

6

静から預かった木綿の風呂敷を広げて、その上に油紙を置いた。血はすっかり凝固しているが、匂いを消すためにも油紙が必要だった。晒されていた国定忠治の首をおろして、油紙と丈夫な木綿の風呂敷で二重に包んだ。銀次は行商人が荷物を担ぐように、それを背負って風呂敷を結んだ。その上から、引回しの道中合羽を着込んだ。

まだ、闇は厚い。明かり一つ、見えなかった。処刑場の付近はもちろんのこと、大戸宿のほうも森閑と静まり返っている。人の気配は愚か動くものさえなかった。銀次はしばらくの間、周囲の闇に目を凝らしていた。異常は、まったくない。そう確認したとき、銀次は音もなく立ち上がった。背中が、ずしりと重かった。

行くぞ、と銀次は自分に囁いた。これから暮坂峠へ向けて、一目散の疾走が始まるのだった。銀次は処刑場を抜け出すと、街道を横切った。処刑の日、関八州取締出役が四人並んでいた小高い斜面を真直ぐ走った。この斜面を登りつめて深い松林を抜けると、大戸宿の裏へ出る。そこから宿場を斜めに行けば、再び街道へ出られるのであった。

大戸の関所を避けて通るには、そうするほかはないのだ。明るいうちは絶対不可能でも、深夜とか早朝には通り抜け可能であった。この経路も、忠治が書いたという絵図に記されてあったので、そういう抜け道があることを知っていて、忠治はわざわざ大戸の関所を破ったのであった。そしていま、首だけになってからの忠治が、銀次とともに抜け道を通ったのだった。

大戸宿が遠ざかると、銀次は本格的に走り出した。視界には、何もない。頼りになるのは、道の白さだけだった。それもあまり早く走ると、視覚が働く前に足が出てしまう。その辺の呼吸が、ひどく難しかった。夜旅のできる時代ではなかったが、渡世人には例外ともいうべき経験がある。その経験を、生かすほかはなかった。

一時間後に、須賀尾村を通り抜けた。それから先は、かなり険しい山道であった。銀次は、息を掛け声にしながら山道を走った。肌を刺すような寒気も、すでに感じなくなっていた。じっとりと、汗ばんで来ている。やがて東の空が赤くなり、あたりが水色に染まり始めた。

幕があいたように、見えなかった山が姿を見せた。波打つ山々に、濃い陰影ができていた。近くの山肌は赤々と燃え、遠くの山影は真青な空を背景に紫色に浮き上がっていた。人家も見当たらず人の姿もなく、雄大で鮮烈な朝焼けの景観が果てしなく広がっている。しかし、銀次にはそうした視界を、確かめる余裕もなかった。

自分の影を見ながら、銀次は走り続けた。殆ど朝日を、背に受けて走っている。自分の影の長さで、時間の経過がわかるのだった。顔を汗が流れる。だが、走るのをやめれば、とたんに汗の湿りが震え上がるような寒さを呼ぶのである。銀次は、菅笠を脱いだ。風が強いからだった。向かい風だけに、菅笠の抵抗が強かった。

ようやく、道が下りになった。須賀尾村をすぎてから、三時間近くかかっている。間もなく、狩宿であった。しかし、狩宿にも関所がある。そこもまた絵図のように、迂回して抜け道を通らなければならなかった。銀次は走りながら、竹筒の水を口に含んだ。その水を少しずつ、喉に落した。水は一口だけだった。それ以上に飲むと、脇腹が痛くなって走れなくなる。

背後で、犬が吠えた。追って来た犬は、銀次の前へ回って吠え立てた。銀次は、知らん顔で走り続けた。大きい赤犬である。激しい吠え方だった。犬がいることは、近くに人家があるという証拠だった。狩宿の関所からも、そう遠く離れてはいない。果して、あちこちで犬の声が呼応し始めた。

赤犬は、依然として追って来る。吠え方も、一層獰猛になった。飛びかかろうとする姿勢を見せたりした。銀次は、走りながら長脇差を抜いた。それで追い払ったが、赤犬は逃げようとしなかった。仕方なく、銀次は前に回った赤犬の首のあたりを長脇差ではね上げた。急に、犬の声がやんだ。赤犬が枯草の上に転がるのが、銀次の目をかすめた。

正面に、半分雲に隠れた山が見えて来た。浅間山であった。しばらくすると、浅間山が左側に位置するようになった。いよいよ浅間の東側の山麓に広がる六里ケ原に、はいったのであった。太陽は、すでに頭上にあった。銀次は疲れていた。乱れた息を整えようとしても、思うようにはならなかった。心臓が頭の芯で、鳴っているような気がした。

そんなとき、銀次の目に奇妙なものが映じた。転がっている大きな岩石の表面に、何かが書いてあるのだ。その岩石は浅間山の噴火で流れ出た溶岩であり、あたり一面に同じようなものがごろごろしていた。銀次は、その岩の前で足をとめた。荒々しく息を吐きながら、岩の表面に書かれている字に目を近づけた。

間違いなく、『忠』の字であった。墨は薄れているが、『忠』としか読みようがなかった。銀次は、その墨の字を撫でてみた。あの国定忠治が、みずから書いた字なのである。そして、書いた当人は首だけになって、銀次の背中にいる。そのことが銀次に、忠治への親しみを感じさせた。

かつては、この岩に目印をつけながら、信州へ落ちて行った忠治。いままた再び、手厚く葬られるために信州へ向かっている忠治。そうした哀しい宿命は、やはり渡世人ならではのものだった。銀次はそこに、みずからの末路を感じた。静が、暮坂峠で首を長くして待っている。急がなければならない。銀次は、気をとりなおした。

大笹にも、関所があった。しかし、大笹宿に出る前に、六里ケ原を西へ突っ切ってしまうのだった。再び、人気のない山道となった。今度は浅間の、北側の山麓である。上り下りが次第に忙しくなり、峰を一つ越す度に山脈《やまなみ》が目の前に迫って来る。雪で斑《まだ》らになっている山もあった。すでに、道とは言えなかった。人が歩いただろうと思われる跡である。

湯煙りの立つ鹿沢をすぎると、峨々《がが》たる断崖絶壁が両側から迫り始めた。断崖には巨大な亀裂が生じ、自然の洞窟ができていたりした。こうした洞窟で、無理な山越えの途中の忠治が夜を明かしたこともあったのに違いない。日は早くも、西に傾いている。間もなく約束の七ツ、午後四時をすぎる頃であった。しかし、銀次はゆっくりと、山道を登って行った。疾走できる道ではないし、もうそうする体力もなかったのである。

突然、視界が開けた。傾斜もなだらかになって、眼前に山の頂上があった。道はその山頂へと、消えていた。暮坂峠だった。すぐ目の前が、暮坂峠の頂上なのである。道の両側は、常緑樹の樹海になっていた。銀次は、気の緩みを感じた。だが同時にその動物的本能が、何か危険の迫っていることを嗅ぎ取っていた。

銀次は、長脇差の柄に手をかけた。左手で風呂敷の結び目を解いた。菅笠を地上に置く。風呂敷包みを合羽《かっぱ》の内側にくるむようにして、一緒に菅笠の中へ投げ込んだ。銀次は腰を落しながら、目配りを鋭くした。樹林から道へ出て来た人影は前に六つ、後ろに四つあった。武士でもなければ、渡世人でもない。もちろん、役人の類でもなかった。

「竜舞の銀次さん、どうもご苦労さんでございましたね」

横で聞き覚えのある声が、そう言った。

「久兵衛か」

そっちを見ようともせずに、銀次は舌打ちをした。

「久兵衛は堅気の商人ですが、多くの人足たちを取り仕切っております。そこの連中も、腕に覚えのある者ばかりでございますよ」

「忠治の首が、欲しいのか」

「さようで……。それに銀次さんには、身を明かして仕事をお願いしてございます。ここで忠治親分の首だけ頂くのでは、のちのち面倒なことになる恐れもございます。そのために、銀次さんには死んで頂かないと……」

「おめえに頼まれて、やったことじゃあねえんだ。横どりされて、たまるかい！」

銀次は、前に並んでいる六人の男の中へ突っ込んで行った。男たちの間を通り抜けて振り向いたとき、銀次は右手に長脇差の抜き身を下げていた。一瞬置いてから、二人の男がゆっくりと地上に倒れ込んだ。残った男たちが慌てて長脇差をかまえる直前に、銀次はまたしてもその中へ割ってはいった。そのまま後ろへ回っていた四人へ、銀次は勢いをつけて突進した。銀次の背後で、叫び声を発した二人の男が道の真中に転がった。

銀次の目の前でも、同じ現象が起っていた。やはり二人の男が、斬り倒されて苦悶していた。合計六人がいずれも喉をえぐられて、間もなく絶息した。残っているのは、久兵衛とあと四人の男であった。銀次は、久兵衛に近づいて行った。次の瞬間、銀次は息をのんだ。いつの間にか、久兵衛の後ろに若い女が立っていたのである。女は紛れもなく、静であった。

「銀次さん、許して下さい」

静が、哀しげに目をしばたたかせた。

「さるお方から頼まれてと、お願いしたでございましょう。この方が、そのさるお方なんでございます」

久兵衛も沈痛な面持ちになって、背後の静を指さした。

「この仕事を引き受けて頂くには、銀次さんしかいないとわたくしどもは思い込んでおりました。そこで万が一、断わられた場合のことを考えて、この方にも手の込んだ芝居をして頂くよう策を練っておいたのでございます。どうか、お許しを……」

「せめて心の償いにと、銀次さんにわたしを差し上げようと思ったのに……」

静は泣き声をその場に残して、樹林の奥へ駆け込んで行った。銀次には、口にすべき言葉がなかった。頼まれ事には一切応じないと、小三郎の死体の前で誓ったばかりではなかったのか。それを頼まれないうちから買って出て、まんまと罠にかかったのだ。その上、またしても裏切られたのである。こうなると、自分の馬鹿さかげんが滑稽だった。

銀次は、笑いかけた。だが、笑ったまま表情が硬ばった。背中から突き刺された三本の長脇差が、銀次の胸に抜けたのであった。長脇差が引き抜かれる力で、銀次は仰向けに倒れた。痛みよりも、全身の力が萎えていくことのほうが、はっきりと自覚できた。

「忠治親分の首を……」

久兵衛の声が、そう聞えた。忠治を手厚く葬るがために、竜舞の銀次という渡世人がここで斬られて野晒《のざらし》となる。それが忠治と自分の差というものだ。銀次はそう思った。小三郎が長い別れにはならないと言っていたが、その通りの結果になった。あれだけ懲りたはずなのに、最後までこのザマだった。小三郎も、そう読んでいたのに違いない。

しかし、何も悔いることはないのだ。竜舞の銀次、お静みたいな女のために何かやりたい、忠治のような男を手厚く葬ってやりたい。そういう名もない渡世人の気まぐれで、やったことではなかったのか。銀次はふと、霞み始めた空に向かって笑いかけた。

後日、信州の北部で処刑三日後の嘉永三年十二月二十四日という日付けがはいった国定忠治の像が発見されたそうだが、その像とこの一件に関連があるかどうかはわからない。

鬼首峠に棄てた鈴

1

その渡世人《とせいにん》は赤城山の裏側を、西へ下って来た。人の往来はあっても、街道と呼ぶにはほど遠い道である。川沿いに樹海の中を縫っている。湧き水に濡れていたり、岩のカケラが転がっていたりで、足許を見ながらでなければ歩けなかった。その渡世人の草鞋《わらじ》も、半ばすり切れていた。目深にかぶった三度笠は、ひび割れて薄黒く変色している。茶と白の細い縞の道中合羽もあちこちにカギ裂きを作り、汚れで厚味ができているように見えた。

かなり無理な旅を続けて来た、ということが一目で知れた。当然だった。この道を下って来たからには、大変な山越えをしたということになるのである。会津の若松から南へ下ると、間もなく険しい山脈《やまなみ》続きの一帯となる。若松から二十五里、約百キロ歩いて上州へはいる。恰度《ちょうど》、尾瀬沼のところだった。道は更に、奥日光地を南下する。

片品川に沿った道で、戸倉には小さな関所がある。追貝のあたりで道は西に転じ、次第に下りながら片品川沿いに赤城山の北側を抜けて沼田に出るのであった。上州へはいってからも、沼田まで十二、三里はある。この間、宿場らしいところはない。人家があれば、そこに仮りの宿を頼むほかはなかった。渡世人となると、それもできない。

　結局、野宿することになる。この渡世人も、野宿を重ねて来たのに違いない。それに相当の長旅を続けていることを、その雨曝《あまざら》しの身装《みな》りが物語っている。月代《さかやき》も髭《ひげ》ものび放題で、憔悴しきったようにトゲトゲしい顔になっていた。濃い眉毛の下の冷やかに光る目にも、疲労の色が見られた。道中合羽の裾を、胴金《どうがね》のついた錆朱色《さびしゅいろ》の長脇差《ながどす》の鞘が持ち上げていた。

　そんな渡世人におよそ相応《ふさわ》しくないのは、コロコロと鳴る鈴の音であった。それは渡世人の左手首に、ヒモで結びつけてある木製の鈴だった。球形で一方に切り口があり、中に丸《がん》が入れてある。そうした普通の鈴と変わりないが、ただその表面が阿多福《おたふく》の顔の浮き彫りになっていた。少女の腰飾りに、使いそうな鈴だった。

　ずいぶんと古いもので、ヒモは新しいが鈴は黒光りしていた。金属の鈴と違って、澄んだ音はしない。しかし、木製の鈴らしく、静かで風流な音を立てた。渡世人の歩調に合わせて、その鈴はコロコロとなった。それがまた、寂しげにも聞えた。その鈴だけが、渡世人の長年の道連れという感じなのだ。

上州名物の空っ風が吹き荒れる季節ではないが、嘉永五年の十一月、旅人には寒さが身にしみる時期になりつつあった。奥日光山地ではまだ雪らしい雪を見なかったが、それもあと数日のことだろう。渡世人は古木の梢越《こずえご》しに、せまい空を振り仰いだ。やがて日が西へ傾く空を、流れる雲がかなりの速度で移動していた。

やがて樹海が切れて、視界が開けた。左手に、赤城山の裾野が尾を引いていた。彼方《かなた》に、沼田宿の家並が見えた。道は下りきって、再び緩やかな上りになった。沼田宿は、小高い台地の上にあるのだった。渡世人の足どりが、一層早くなった。季節風とは違うが、巻き込むような風が強かった。雲の流れが早いのも、そのせいであった。

路上のあちこちで、黄色い砂塵が舞った。渡世人の道中合羽も、大きく開いて後ろへなびいた。渡世人は合羽の前を合わせると、風に向けて三度笠を倒すように前こごみになった。木造りの鈴の音が、テンポを早めて鳴り続けた。沼田は宿場ではあるが、城下町でもあった。そのせいか鄙びてはいるが、町全体が落着いたたたずまいを見せていた。

渡世人は宿はずれの、あまり盛っているとは思えない家の前で足をとめた。地元の貸元、糸井の卯兵衛《うへえ》親分の住まいだった。渡世人は菅笠と合羽を脱いでから、閑散とした土間へ足を踏み入れた。糸井の卯兵衛は落ち目の親分で、身内の衆も二、三人しかいないと聞いていたが、それは事実のようであった。竈《かまど》のある勝手口のほうに目をやったが、水仕女《みずしめ》の姿も見当たらなかった。

若い衆が、ひとり出て来た。渡世人は上がり框《がまち》に両手を重ねて置いてから、仁義を切り始めた。上がり框に両手を重ねて置くという作法だけで、この渡世人が追われて旅をしているのではない、つまり楽旅だということがわかるのである。逆に指名手配で追われている凶状旅《きょうじょうたび》の場合だと、上がり框には手を触れず離れた土間で仁義を切るというのが、この世界での礼儀作法であった。

仁義を切るというのは、一種の面接テストだった。仁義の切りようによって、その渡世人の経験、貫禄、人格といったものがわかるのである。この渡世人の仁義は、豊富な経験と長く渡世の道を歩んで来ていることを示していた。まだ三十そこその年輩だが、凄味と迫力には不足がなかった。受ける側の若い衆までが、すっかり緊張していた。

仁義の中で渡世人は、上州橋詰《はしづめ》の生まれで鳴神《なるがみ》の伊三郎という旅鴉《たびがらす》だと名乗った。渡世の道にはいってすでに十二年、その間ただの一度も親分子分の盃《さかずき》を交わしたことのない完全な流れ者であるとも付け加えた。鳴神の伊三郎と名乗った渡世人は最後に、糸井の卯兵衛親分に会わせてもらいたいと若い衆に申し入れた。

若い衆が奥へ引っ込むとすぐ、糸井の卯兵衛が姿を現わした。五十すぎの男で、見るからに人のよさそうな感じの円顔《まるがお》であった。落ち目ということもあるし、気さくな性質でもあるのだろう。別に、いやな顔もしていなかった。それでも用心のためか、二人の身内衆が卯兵衛の左右に立っていた。

「鳴神の伊三郎さんと聞いたが、会津若松から山越えの道を来なすったそうだな。いまの時期では、さぞかし難儀な道中だったろう」

卯兵衛は渡世人の汚れた姿を見て、改めて驚いたような顔になった。

「へい。三日がかりで、越えて参《めえ》りやした」

鳴神の伊三郎は、他人事《ひとごと》のように素知らぬ顔で言った。

「三日がかりとは、大したものだ。ずいぶんと達者な脚を、お持ちじゃねえか」

「恐れ入りやす」

「それで、このおれに何か尋ねたいことがあるそうだが……」

「へい。実は、人を追っておりやす。二月《ふたつき》めえから奥州路を捜し歩いていたところ、風の便りに上州にいると耳にして、こうして飛んで帰《けえ》って参りやした。で、上州の地を踏んだところでまず親分さんに、お尋ね申してみようと……」

「その尋ね人というのは？」

「長坂の文吉《ふみきち》という元貸元と、桜井小平太とかいう浪人者でござんす」

「わかった。ところで、おめえさんはその二人を尋ね当てて、どうするつもりでいなさるんだい」

「斬るつもりでござんす」

「おめえさんは、かつての野州《やしゅう》矢板の貸元に義理のあるお人なんだな」

「すると親分さんは、矢板の正蔵親分の一件をご存知なんでござんすね」

「ああ、聞いている。だがなあ、伊三郎さんとやら……」

卯兵衛は、とても無理だというように首を振った。

矢板の正蔵親分の一件とは、一年とちょっと前に起った事件である。日光街道の日光の手前の大きな宿場が、今市《いまいち》であった。この今市から逆戻りをせずに奥州街道へ出るには、東の大田原へ向かわなければならない。大田原へ向かう街道筋に、矢板があった。矢板は今市の東、約二十六キロのところにある。このあたり一帯を矢板の正蔵という貸元が支配していて、その勢力と人気ともに急上昇していた。

それを嫉妬し憎悪していたのが、今市にネコの額ほどの縄張りを持つ長坂の文吉であった。長坂の文吉は、矢板の正蔵と従兄弟《いとこ》同士だった。それだけに矢板の正蔵がめきめきと売り出したことが、口惜《くや》しくて仕方がなかった。と言っても、長坂の文吉には見返してやるほどの実力がない。そもそもが、貸元になるという器ではなかった。

口では大きいことを言うし、形だけでは親分らしいこともやった。しかし、所詮は度胸と貫禄の世界である。ポーズとハッタリだけでは、長続きしなかった。縄張りは痩せ細り、賭場も開けない状態になった。一家を潰しては、恥ずかしくてその土地にはいられない。それでは行きがけの駄賃に、憎い従弟の矢板の正蔵も道連れにしてやろうと考えついたのだった。

文吉は最後まで残った二人の子分を、関東取締出役の道案内にさせた。道案内とは江戸町奉行や火盗改めが使う目明かしと同じで、当時の警察機構に役立っていた密告者のことである。矢板の正蔵が凶状持ち数名を匿《かくま》っていると、関東取締出役に密告したのであった。それが事実だったので、矢板の正蔵と五人衆と呼ばれていた主だった子分たちは逮捕された。

一家は解散した。それを見極めてから、長坂の文吉は二人の子分を連れて逐電した。密告者が誰であったか判明したのは、そのあとのことだった。しかし、すでに離散してしまった正蔵の身内の中から、文吉を追おうとする者は出なかった。鳴神の伊三郎がそのことを知ったのは、更に一ヵ月たって矢板の宿にふらりと寄ったときである。

以来約一年、鳴神の伊三郎は噂を頼りに東海道、甲州路、中山道、奥州路と長坂の文吉を追い続けて来たのだった。これまでにわかったのは、桜井小平太という浪人を用心棒に雇っているということと、必ず兄弟分の盃を交わした貸元のところを訪れてはそこに滞在しているということだけであった。

「おめえさん、矢板の貸元に余程の義理がありなさるようだな」

卯兵衛が気をとりなおしたように、真剣な表情になって言った。

「へい。三年めえに、矢板のお貸元のところにご厄介になったことがござんす。その折、あっしは流行病《はやりやまい》にかかりましたが、それに二十日も手厚い看病を頂きやした。その義理がござんす」

鳴神の伊三郎の暗い眼差しは、まったく感情というものを表わしていなかった。

「それだけの義理でな。近頃、見上げた心掛けだ」

卯兵衛は、深く腕を組んだ。

「とんでもございせん」

伊三郎の表情も、まるで動かなかった。ただ唇が動き、低い声が出るだけだった。

「おれはまた、矢板の貸元に年頃の娘がいて、その娘への義理立てじゃねえかと思ったよ」

卯兵衛は、微笑を浮かべた。

「どうしてでござんすか」

鳴神の伊三郎は、冷たい目で卯兵衛を見上げた。

「その鈴だ。そいつは、娘っこが幾つもぶら下げる腰飾りの一つじゃねえのか」

「その通りでござんすが、こいつはあっしの実の姉のもんで……」

「姉さんが、いなさるのか」

「と言っても、十五年もめえに別れたっきりでござんす。多分生きちゃいめえと思って、形見のつもりでこうして持ち歩いておりますんで……」

「そうかい。姉思いなんだな」

「あっしは、親というものを知らねえんでござんす。二つ違いの姉に育てられましたもんで……」

「こいつは野暮な穿鑿《せんさく》で、悪いことを思い出させちまったなあ。まあ、勘弁してくれ」

「お気になさることはござんせん。昔のことは、捨てた身体《からだ》でござんす」

「それにしても、伊三郎さん……」

卯兵衛はまた考え込んで、笑いを忘れたような伊三郎の顔を見据えた。

「へい」

伊三郎は、もの怖じしない目で卯兵衛を見返した。

「考えなおす、というわけにはいかねえだろうな」

「へい」

「おめえさんを、死なせたくねえんだよ。文吉はともかく、桜井小平太という相手が悪いや。その評判は、おれたちの耳にもへえってるんだ。辻無外流とかいう流派の使い手で、大したもんだそうだぜ。その上、人斬りを何とも思っていねえような、気違い犬だと聞いている。文吉が百両という大金を投げ出して向こう三年の約束で雇った用心棒とかで、その浪人者が影みてえにいつも文吉について歩いているそうだ」

「親分さんのお心遣いは、ありがてえんでござんすが……」

「あくまで、やりなさるのかい」

「へい。この一年を、無駄にしたくはござんせん」

「そうかい。じゃあ、仕方がねえ。本庄宿の万年寺の貸元のところへ行きなさるがいい。この夏の盛りに文吉たちが、万年寺の貸元のところに草鞋《わらじ》を脱いだそうだから、そこへ行けば何かわかるだろう」

「ありがとうござんす」

伊三郎は頭を下げたまま、戸口のほうへ素早くあとずさりした。

「待ちねえ。もう、日暮れだ。今夜はおれのところで、休んで行ったらどうだね」

卯兵衛が、そう呼びとめた。

「折角ではござんすが、先を急ぎますんで……」

「そうかい。じゃあ万年寺の貸元に、よろしくと伝えてもらおうか。おれには差立《さしたて》の貫禄はねえが、おれからの口添えがあったと聞けば万年寺の貸元も悪いようにはしねえはずだ」

「重ね重ね、ありがとうござんす。では、ごめんなすって……」

更に頭を低くした次の瞬間、鳴神の伊三郎の姿は夕闇に溶け込んだように消えていた。伊三郎は歩きながら合羽を肩に引き回し、三度笠をかぶった。煙靄《えんあい》というような、夕闇が横たわっていた。しかし、空には月がある。月明かりで、夜旅ができそうであった。行けるところまで行って、野宿をすればよかった。

前橋へ出る沼田街道は、もともと賑やかな街道ではない。日暮れともなれば、旅人の往来がさっぱりと途絶える。青白い月光を浴びて道中合羽に三度笠のシルエットになった鳴神の伊三郎は、無人の沼田街道をただひたすら南へ南へと向かった。

2

沼田から前橋まで十里、約四十キロあった。鳴神の伊三郎は前橋の北の米野《こめの》というところで、地蔵堂にはいり込むとそこで一眠りした。目を覚ますまで道中合羽にくるまり、長脇差をかかえ込んで熟睡した。七ツ半、午前五時に伊三郎は起き上がった。外はまだ暗かった。小川の冷たい水で顔を洗い、口をすすぐと伊三郎は歩き出した。

前橋を抜けた頃に、あたりはすっかり明るくなった。西へ向かって一里半で、三国街道の金古宿に出る。金古宿からは、三国街道を南に下る。三里で、高崎であった。伊三郎は高崎で、煮売り屋に寄った。煮売り屋は旅人が手軽に空腹を満たすための一膳飯屋で、各宿場に何軒もあった。

伊三郎は腹に飯を流し込むと、一服することもなく高崎の城下町を通り抜けた。これから先は中山道で、伊三郎は江戸の方向へ足を早めた。倉賀野、代官所のある岩鼻とすぎ、柳瀬川を渡し船で渡った。高崎から三里の新町を通り抜けると、神流《かんな》川を徒渡《かち》りで越える。本庄まで、二里であった。

今日も、風が強かった。晩秋の空には、雲一つなかった。左手に赤城山、振り返ると榛名山、それに遠く信州の浅間山が眺められた。旅人たちが、心持ち寒そうな感じで両手を揉み合わせたり、首をすくめたりしながら風の中を歩いていた。会津若松から約五十里の道を飛ばして来た伊三郎だったが、その足の運びには少しの乱れも見られなかった。左手首の鈴も、相変らず鳴り続けている。

やがて、本庄宿にはいった。現在の本庄市は、埼玉県に属している。だが、当時の武州と上州の境界の標識は、本庄より南に位置していた。従って、その頃の本庄宿は、上州の児玉郡にあった。本庄は家数、人口ともに中山道で最も多い宿場町だった。ただ旅籠《はたご》の数だけが深谷より十軒少ない七十軒で、第二位であった。本庄宿は中山道の宿場のうちで、随一の活気を誇っていた。

　この本庄宿の貸元、万年寺の富太郎については、伊三郎もよく知っていた。穏健派の親分で、身内の統率もよくとれているという。堅気の町民たちからも、決して嫌われてはいない。沼田の卯兵衛が差立の貫禄はないと言っていたが、この万年寺の富太郎は差立貸元であった。差立貸元というのは、旅鴉の渡世人をほかの親分衆に添え状をつけて紹介できるだけの資格と貫禄を持っている貸元のことである。

　伊三郎は仁義をのべたあと、沼田の卯兵衛から口添えのあることを告げた。それに草鞋を脱ぐ前に、貸元に会いたいと付け加えた。伊三郎はすぐ、庭へ回るように言われた。万年寺の富太郎は、手入れの行き届いた小さな庭に面した部屋にいた。六十をすぎた白髪の貸元だった。

　伊三郎は挨拶をすませたあと、長坂の文吉と桜井小平太を追っている用件について触れた。富太郎は、黙って話を聞いていた。伊三郎が口を噤んでからも、なお沈黙を続けている。富太郎は、眠っているような目で伊三郎を見守っていた。刻限は八ツ、午後二時をすぎていた。風が遮られる庭は、小春日和の日溜まりであった。

「おめえさん、珍しいものを持っていなさるね」

ようやく、富太郎が口を開いた。伊三郎の用件には、まったく無関係なことである。伊三郎は、表情のない顔でじっと動かずにいた。

「その鈴だ」

富太郎は、穏やかな笑顔で言った。またしても、鈴のことだった。伊三郎は鈴に目をやらずに、左手を膝から落とした。コロンと、鈴が鳴った。

「どなたの形見かな」

「へい。あっしの姉のものにござんす」

「亡くなりなすったのかい」

「はっきりはわかりませんが、多分……。十五年めえに、別れ別れになりやした」

「たったひとりの、身内だったわけかい」

「へい」

「名めえを聞かしちゃあ、くれめえか」

「姉の名めえは、お里と申しやす」

「お里さんか。おめえさん、生きてその姉さんに会いたかねえかい」

「会いたくもねえと申したら、嘘になりましょう」

「だったら、文吉やあの浪人者のあとを追うことはやめにしなせえ」

不意に厳しい口調になって、富太郎がそう言った。居並ぶ主だった身内衆も、同調するようにそれぞれ頷いた。

「男は、命を無駄にしねえものだ。勝てるはずのねえ喧嘩をするのは、本当の男がやることじゃねえ。そうは、思わねえかい。確かに文吉とあの浪人者は、三日ほどだったがここにいた。文吉が好かねえやつだとわかっていても、渡世の義理で断わるわけにはいかなかったんだ。だがな、お陰でおれはあの浪人者を相手にしてはならねえって、知ることができたんだ。あの桜井小平太という浪人者は、気違い犬だよ。ニヤニヤ笑いながら、人を斬るんだからな」

「気違い犬だということは、幾度も聞かされておりやす」

「おめえさんも長年、この道で生きて来なすったお人だ。修羅場を幾度も踏んでいるだろうし、腕も立つに違えねえ。しかしだ、喧嘩剣法は所詮、侍の本物の技には勝てっこねえ。その上、あの桜井小平太の腕は、尋常なんてもんじゃねえんだよ。ここにいたときの話だが、飲み屋で三人の浪人者との間に騒ぎが起り、果し合いということになった。一対三の侍同士、誰だって桜井小平太に勝ち目はねえと思っていた。ところが、どうでえ。瞬きするだけの間に、桜井小平太は三人の浪人者を斬り倒した。三人とも、その場で死んだよ。おれはそれを遠くから見ていて、何かこうゾッとする寒気がしたぜ」

富太郎は伊三郎の反応を窺って、据えた視線をはずそうとしなかった。だが、伊三郎の顔に、反応らしいものは表われなかった。冷やかな目も動かない表情も、そのまま変わらなかった。

「刃向かえる相手じゃねえ。桜井小平太が刀を抜いたら、おめえさんは必ず殺される」

富太郎は、深刻な面持ちになった。

「覚悟はしておりやす」

伊三郎の抑揚のない声が、そう言った。

「すると、おめえさんは死にてえのかい」

「死にてえとは、思っちゃおりません」

「そうだろう」

「でござんすが、殊更《ことさら》に生きていてえとも思わねえんで……」

伊三郎は、静かに目を伏せた。富太郎が、長い溜め息を洩らした。

「とめても無駄かい」

富太郎はそう呟いて、身内衆のひとりに目で合図を送った。その子分が硯《すずり》と筆、それに巻紙を富太郎の前に運んで来た。

「文吉に若い者が二人と桜井小平太の四人は、松井田の友助のところに長逗留しているはずだ。友助も迷惑には思っているんだろうが、何せ文吉とは兄弟分の間柄なんでな」

そう言いながら、富太郎は巻紙に筆を走らせた。

「おめえさんは、安中《あんなか》へ行きなさるがいい。これが、安中の五郎七への添え状だ」

富太郎が書いた書状を身内衆のひとりが中継ぎして、草鞋銭の包みとともに縁側に置いた。伊三郎はそれを押し頂いてから、懐中に入れた。礼の言葉と挨拶が終わったとき、伊三郎の姿はいままでそこにいたことが嘘のように素早く消えていた。

「もう、お里とかいう姉にも会えずに、死んじまいやがる。惜しい男なんだが……」

富太郎が腹立たしげに、自分の膝を叩いた。居並ぶ身内衆も、伊三郎に同情してか一様に顔を伏せた。

鳴神の伊三郎は、いま来たばかりの中山道を逆に引っ返した。本庄宿が、みるみるうちに遠くなった。中山道は、旅人の往来が激しかった。しかし、どの旅人も、のんびりとした足の運び方だった。この時刻になると江戸下りは深谷あたり、西へ行く者は板鼻あたりとそれぞれ泊る宿場の目安がついているからである。

その中を伊三郎だけが、早い足どりで黙々と歩き続けていた。荷物を運ぶ本馬《ほんま》や人を乗せる軽尻《かるじり》といった馬、それに駕籠などを伊三郎は次々と追い抜いた。再び新町、倉賀野、高崎を通った。高崎から中山道は、はっきりと西に方向づけられる。太陽が行手にあった。一里三十丁で板鼻の宿場、更に三十丁で安中だった。

高崎をすぎて間もなく、烏川にさしかかる。橋を渡るのに、金を払わなければならなかった。八文であった。烏川を渡ると、やがて板鼻だった。この板鼻宿で、旅人の殆んどが足を緩める。宿場としては、盛んなところだった。飯盛女も多いし、宿場女郎もいた。それに板鼻に泊って翌朝早立ちすると、横川の関所を通り碓氷《うすい》峠を越えて軽井沢か沓掛を次の宿泊地にするのに恰度いい距離なのである。

「おいでなさい。さあ、おいでなさい。いまなら、相宿もございません。おいでなさい、この先にはもういい宿はございませんよ。さあ……」

その時刻なので、留女が旅人にそう声をかけていた。立ちどまる旅人たちの間を縫うようにして、三度笠を前に傾けた伊三郎は板鼻宿を足早に通り抜けた。板鼻をすぎて少し行くと、今度は碓氷川だった。碓氷川の橋もまた十月から二月までに限って、八文の橋銭を払うことになっていた。

安中宿についたとき、この日もすでに暮れていた。安中は、こぢんまりとした町だった。人家六十四戸というのも、中山道の宿場のうちでは最も少ない。三万石の城下町でもあって、十七軒の旅籠のほかに小料理屋といった客商売の店が多く華やかな雰囲気だった。この一帯の貸元安中の五郎七の住まいは、松井田寄りの宿場はずれにあった。

右隣が「べにや」という小料理屋である。繁盛しているらしく、目隠し塀の中から賑やかな人声が聞えて来る。「べにや」と文字が浮き上がっている軒灯《けんとう》の明かりが、路上を照らしていた。その小料理屋と棟を接して、安中の五郎七の家がある。入口の障子には、丸に五の字のマークが記してあった。

その前で、鳴神の伊三郎の足がようやく止まった。会津若松から上州沼田へ、沼田から沼田街道と三国街道を経て高崎へ、高崎から中山道を本庄へ、本庄から再び中山道を安中へと、四日間にわたる急ぎ旅はいま終わったのである。伊三郎は三度笠をはずすと、冷たい視線を西の方向へ投げた。厚い闇があるだけで、何も見えなかった。明かり一つ、目に触れない。だが、その方向の二里十六丁先には、松井田がある。松井田宿には、長坂の文吉と気違い犬と言われる浪人者桜井小平太がいるのだった。

不意に、伊三郎が鋭く振り返った。人の気配を感じたのである。「べにや」の軒灯の下に、小さな人影が佇んでいた。五つぐらいの女の子であった。まだ子どもではあっても、目鼻立ちのはっきりした女っぽい顔だった。ふと、その子どもが笑いかけて来た。人懐つこいのである。それに、一人前に媚びるような笑顔だった。早熟なのかもしれなかった。

伊三郎は、その女の子の馴れ馴れしさを無視した。伊三郎は軒下に身を入れると、丸に五の字がある障子を静かにあけた。

3

安中の五郎七のところで、伊三郎は客分の扱いを受けた。万年寺の富太郎からの添え状がものを言ったし、五郎七自身も長坂の文吉や桜井小平太に対していい感情を持っていなかったのである。しかし、五郎七も伊三郎には決して、文吉や桜井小平太を斬ろうとすすめなかった。むしろ沼田の卯兵衛や万年寺の富太郎と同じように、五郎七もそのことには反対した。

五郎七と常時、寝起きをともにしている身内は十人ほどであった。その十人も全員が、しきりと伊三郎に思い留まったほうがいいという忠告を繰り返した。理由はやはり、桜井小平太に勝てるはずがないからということだった。桜井小平太を傷つけるどころか、こっちの助かる見込みが万に一つもないと誰もが断言した。しかも、桜井小平太を殺さない限り、長坂の文吉を斬ることは不可能なのである。

桜井小平太は松井田に来てから、すでに十二人を斬り殺すか気絶させるかしているという。斬ったのは七人で、そのうちの五人までが浪人者であり果し合いという形だった。残り二人は渡世人で、いずれも凶状持ちであった。つまり桜井小平太は、合法的に七人を斬っているのである。気絶させられたのは一般の町人農夫なので、この場合は峰打ちであった。

それに加えて、桜井小平太は好色であった。何人かの女が手籠め同然に犯されて、泣き寝入りしていた。十日に一度は、安中宿へもやって来る。隣の「べにや」へ、通って来るのだった。「べにや」の酌女に、お品というのがいる。アカ抜けした艶っぽい美人である。高崎の商家へ嫁入りしたが、三年後に亭主に死なれたという二十三歳の若後家であった。

美人で若い未亡人でその上身持ちが堅いと来れば、男が食指を動かしたくなるのは当然だった。常連客の大半がお品に何かを期待して、「べにや」へ通って来ているのである。桜井小平太の目当ても、そのお品であった。安中は城下町だから、さすがに手荒なことはしなかった。それにここでは、松井田の友助に尻拭いをさせるわけにはいかなかった。

長坂の文吉も桜井小平太と一緒に「べにや」へ来る。文吉が来たがって、用心棒がそれについて来るというのではない。その逆であった。いずれにしても、安中の五郎七にとっては不愉快なことだった。松井田の友助のところの客分になっている文吉と桜井小平太が、挨拶もなしに五郎七の縄張りである安中へはいり込んで来る。

しかも、すぐ隣の「べにや」で、遊んでいるのである。五郎七は、大いに腹を立てている。しかし、どうすることもできなかった。相手が桜井小平太では、渡世人が十人や二十人束になってかかっても勝てる見込みはない。五郎七にはそうとわかっていたから、耐えるだけで手出しはしなかったのだ。

十日がたち、二十日がすぎた。北風が強まり、霜を見るようになった。鳴神の伊三郎は、毎日のように裏庭に出て黙然と考え込んでいた。伊三郎としても、桜井小平太に太刀打ちできるとは思っていなかった。自信のあるなしではない。道理である。誰もが言うように、度胸だけの渡世人の喧嘩剣法では、その道の達人と言われる武士の剣に勝てるはずがないのであった。

裏を、川が流れている。碓氷川の小さな支流であった。川の向こうに、鮮やかな赤い点があった。熟しきったカラス瓜だった。裏庭の川沿いに、寒菊が咲いていた。山茶花《さざんか》も淡紅色の花をつけている。伊三郎は、冷たそうな川面に目を注いだ。目ざす相手は、すぐそこにいる。それでいて、どうすることもできない。

伊三郎が五郎七のところに滞在していることは、すでに松井田まで聞えているはずだった。伊三郎が何を目的に安中宿へ来ているのか、この近所でも噂にのぼっている。そのくらいだから、あるいは文吉や桜井小平太も伊三郎の目的を承知しているかもしれない。となると、向こうから仕掛けて来るということも考えられる。

いま、桜井小平太から呼び出しがかかったら、どうなるだろうか。呼び出しに応ずるほかはない。その結果は、伊三郎の死である。特に生きていたいとは思わない。そのときが来たら、死ぬのもまたいいだろう。だが、ただ殺されるだけでは、いかにも無意味であった。せめて文吉を斬ったあとで、死にたかった。

桜井小平太の剣が届く範囲内に踏み込んだとき、もう死を覚悟しなければならなかった。かと言ってその範囲内にはいらなければ、相手を突き刺すこともできない。それに武士の大刀は、渡世人が持つ長脇差よりもはるかに長い。その差だけでも、伊三郎のほうが不利であった。

伊三郎は、手にしていた長脇差を抜いた。胴金のついた長脇差である。これを専門的には、半太刀拵《ごしら》えと言う。鉄鐺《てつこじり》と幾つかの鉄環で、鞘を固めているのだった。それに武士の大刀には、弧形を描く反りというものがある。しかし、長脇差はその反りが浅い。特に伊三郎の長脇差の反りは、一分もなかった。殆んど無反りの長脇差であった。

喧嘩剣法は、斬るということをあまりしない。正規の剣法ではないから、斬るというのはなかなか難しい。また、矢鱈に振り回したのでは、すぐに折れてしまう。そこで、もっぱら相手を突き刺すというのが、喧嘩剣法であった。突き刺すだけなら、刀に反りは必要ない。むしろ、反りがあっては、適確に刺すことができない。だから、殆ど無反りの長脇差を用いるのであった。

「まあ、物騒な……」

背後で透き徹る女の声が、そう言った。振り返らなくても、誰だかわかっている。伊三郎は、長脇差を鞘に納めた。「べにや」の裏庭とは地続きだった。垣根らしいものもない。境のあたりに井戸があって、それも「べにや」と五郎七のところで共同使用をしている。お品とも、親しい仲になっていた。いや、それはお品の、ひとり合点かもしれなかった。

「伊三郎さんたら、まだそんなことを考えているんですか」

空《から》の水桶を提げたまま、お品が前へ回って来た。水仕《みずし》姿で、黒い前垂れをかけていた。まだ化粧もしていない。だが、それが妙に女の生々しさを感じさせた。色白の肌が瑞々しく、ピンク色の唇から青味がかった歯の輝きがこぼれた。その縋るような目つきには、男への好意以上のものが示されている。

「そんなこととは、何のことでござんしょう」

伊三郎は川向こうの、赤いカラス瓜に目をやった。沈みきったような翳《かげ》りのある伊三郎の表情は、まるで人形のそれと同じで動かなかった。

「あの気違い犬を斬ろうっていう考えに、決まっているでしょ」

お品は、不安そうな顔で伊三郎を見上げた。

「お品さんには、関わり合いのないことでござんしょう」

伊三郎は、井戸端の屋根を支えている柱に凭《もた》れかかった。左手首の鈴が、コロンと鳴った。

「そんなことはありません。伊三郎さんが殺されるのを、黙って見過ごすわけにはいかないでしょ」

「あっしが殺されるって、決め込んでおいでですね」

「桜井小平太を敵に回せば、伊三郎さんは必らず殺されます」

「その言葉は、耳にタコができるほど聞かされておりやすよ」

「だったら、やめて下さい。後生だから、あの気違い犬のことは忘れてしまって。ね、伊三郎さん」

「構わねえでおいておくんなさい」

「渡世の義理だなんて、ただ流行病《はやりやまい》の看病をしてもらっただけなんでしょ。そんなことより、いまの伊三郎さんの命をもっと大切にしなければ……」

「欲しくてもらった命ではないし、大切にしたからっていって何になるんでござんしょうかね」

「伊三郎さん、そんな言い方はやめて下さいな」

「あっしのような男には、生きるも死ぬも歩む道はただの一筋しかねえんでござんすよ。堅気のお品さんには、通じもしねえことでござんしょうがね」

伊三郎は、河原のほうへ歩き出した。これ以上、お品の相手をしているのが、面倒臭かったのである。堅気の人間とは、言葉が通じないのと変わりなかった。そうした住む世界の相違を、お品に説明して聞かせるほど伊三郎は悠長な気持ではなかった。伊三郎は、枯れかかった草を踏んで小さな土手を下った。

「おじちゃん！」

あとを追って来た女の子が、土手の上に立ってそう呼んだ。伊三郎が五郎七の住まいを訪れた夜、「べにや」の前にいて笑いかけて来た女の子である。名前をでんと言い、「べにや」の経営者の養女であった。容貌ばかりではなく、口にすることもひどく老成《ませ》ていた。利発でもあった。

「お品さんと、話をしていたでしょ。お品さん、おじさんのこと好きだって言った？」

そばへ近づいて来て、でんはニッと笑った。相手にならずに、伊三郎は首を振った。

「やっぱり、言えなかったのね。お品さん、おじさんのことを伊三さんって呼んでいるんだよ。板前たちに冷やかされると、お品さん顔を赤くするの」

そう告げ口しながら、でんは伊三郎の左手首の鈴をチラチラと盗み見した。でんは、この鈴に執心なのである。欲しいと口に出すのを、懸命に我慢している。伊三郎にも、そうとわかっていた。しかし、この鈴だけはおいそれと、人手に渡せるものではなかった。

「松井田のご浪人さんね、日暮れになるとお店に来るよ」

でんが、気を引くように伊三郎を流し目で見た。

「なぜ、そうとわかるんですかい」

伊三郎の目つきだけが、鋭く変わった。

「この前来たとき、そう言っていたもの。今度は、松井田に市の立つ日に参るぞって……」

でんは、ムキになったように真剣な面持ちだった。松井田に市が立つのは、一と六の日であった。今日は十一月二十六日、あるいは事実かもしれなかった。事実なら、今夜にでも決着をつけることができる。だが、それは多分、伊三郎の死という決着になることだろう。

伊三郎は、表情のない顔で空を振り仰いだ。でんがまだ未練げに、伊三郎の左手首の鈴にチラチラと目をやっていた。

4

でんの言葉は、嘘ではなかった。その日、夜を迎えて間もなく伊三郎のところへ、五郎七の身内のひとりが注進に来た。桜井小平太が、「べにや」へはいったというのである。意外にも、桜井小平太ひとりだけだという。珍しく長坂の文吉と、桜井小平太は別行動をとった。文吉を襲うとしたら、絶好のチャンスだった。

誰もが、そう思う。伊三郎も瞬間的には、そう思った。しかし、すぐ考え直した。用心棒がいなくても絶対に安全な状態にあるからこそ、文吉は桜井小平太が出かけることを認めたのだ。文吉は今夜だけ、松井田を離れたのではないだろうか。あるいは何かの寄合があって、大勢の人間の中にいるのかもしれなかった。

それは前もって、わかっていたことだったのだ。それで桜井小平太も、今度は松井田に市の立つ日に来ると言ったりしたのだろう。つまり今夜は誰も文吉に手を出すことはできないと、自信があるわけであった。そんなときに、アテもなく松井田へ突っ走ってみたところで仕方がない。それより今夜は、桜井小平太の隙を窺うべきであった。「べにや」は、平屋建てである。土間の席のほかに、小座敷が幾つかあった。小座敷は一応、襖《ふすま》で仕切られている。桜井小平太は、小座敷に上がって飲む。だが、どの部屋を使っているか、外からではわからない。酌女は何人かいるが、桜井小平太の相手はもちろんお品だった。帰るまで、外へは出て来ない。となると、隙の窺いようがなかった。

六ツ半、夜の七時すぎになって、伊三郎は裏庭に出てみた。地上は漆黒の闇だが、空には落ちて来そうな星の輝きがあった。筋肉が引き締まるように冷たい夜気が、四方から迫って来る。伊三郎は井戸端を通り抜けて、地続きの「べにや」の裏庭にはいり込んだ。当時は、六ツ半から五ツまでぐらいが歓楽の時間だった。九時になると、もう遅い閉店時間のわけである。

「べにや」全体が、賑やかになっていた。左手に勝手の土間への出入口があり、そこから薄明かりが洩れている。右手には大きな薪小屋があって、その手前に山茶花《さざんか》が茂みを作っていた。伊三郎はふと、山茶花の茂みの陰に身を寄せた。何やら言い争う人声を、聞いたからであった。薪小屋の戸があいていて、積み上げられた薪や柴、古い藁などが見えている。

その薪の山の手前に、絡み合う男と女の姿があった。古藁の上に女を押し倒し、男がその上に被いかぶさっていた。のけぞっては上体を起そうとしてもがく女の顔が、男の肩越しに覗いた。お品であった。男のほうは気流しの浪人者で、後ろ姿だけでも桜井小平太だとわかった。長身で腕も脚も、骨だけみたいに痩せ細っている。

これまでは、いつも文吉が一緒だった。しかし、今夜の桜井小平太は単独行動で、自由にふる舞える。いわば絶好の機会であった。桜井小平太は店の混雑と乱れに乗じて、お品を連れ出しここで襲いかかったのに違いない。お品は大声で人を呼ぶわけにもいかず、しきりと押し殺した声で哀願を繰り返している。だが、すでに着物の裾が大きく割れて、衿《えり》も左右に押し広げられていた。

お品の乳房と太腿まで露わになった二本の脚が、夜目にも白く伊三郎の目に映じた。桜井小平太には、十分な余裕があった。片手でお品の両手の自由を奪い、片足で彼女の両膝を固定させて愛撫にとりかかっていた。腰の大小は鞘ごと抜き取って、柄を手前に自分の右側に置いてあった。

「堪忍して、後生だから、堪忍して……」

お品が、激しく顔を左右に振った。その胸が、忙しく波を打っていた。

「若後家のひとり寝は、毎夜辛かったことだろうな」

低く笑って、桜井小平太は陰にこもった声で言った。

「いやいや、いや！　いけない」

「身体は、正直なものだ。言葉とは裏腹に、ほれ、こうもわしを待ち望んでおるぞ」

桜井小平太の声が、やや熱っぽくなった。お品が小さく叫んだ。もう、言葉は口にしなかった。必死になって堪えているといった声が、喘ぎとともに洩れ始めた。お品の姿は、桜井小平太の背中の陰に隠れた。お品の両足が硬直するように伸びきって、やがてはある種の律動に応ずる動きを見せた。その声に、甘さが加わった。

そうした光景を、伊三郎はまったく感情のない顔で眺めやっていた。冷やかな目は、桜井小平太の背中に向けられている。伊三郎の頭の中には、いまこそ桜井小平太に隙があるのではないか、という考えがあった。そばへ近づくことはできないにしても、ここから長い竹槍を繰り出したらどうだろうか。いや、長脇差を投げて、桜井小平太の背中に突き立ててもいい。

もちろん、それだけでは致命傷にならない。しかし、相手を傷つけるだけでも、十分であった。何も相手を、その場で斬り倒す必要はないのだ。そうした形で決着をつけようと考えるから、桜井小平太に勝つのは不可能だということになる。結果として、勝てばいいのであった。致命傷でなくても負傷さえさせれば、それだけ桜井小平太の戦闘力は鈍る。それに付け入って、決定的な打撃を与えるのである。

伊三郎がそう気づいたとき、もう一つの人影が勝手の出入口から現われた。勘吉とい う「べにや」の板前である。江戸の生まれとかで、頑固一徹な五十男だった。勘吉は六尺棒を手にしていた。足音をしのばせて、少しずつ薪小屋のほうに近づいて来た。六尺棒で、桜井小平太を一撃するつもりらしい。

勘吉は父親のような気持で、お品を可愛がっていた。それだけに、桜井小平太に対して腹を立てたのだろう。江戸っ子気質で、見境いもなく逆上したのに違いない。危険を忘れている。まさに蛮勇であった。それに勘吉は、お品がいまは忘我の境に陶酔していることを知らなかった。手籠めにされてすすり泣いているものと、決め込んでいた。

伊三郎は、勘吉の動きを見守った。勘吉は桜井小平太の、斜め後ろに回った。一メートル半の距離に迫った。勘吉は、六尺棒を振り上げた。その一瞬、桜井小平太の左手が、右側に投げ出してある大刀の柄にかかった。桜井小平太は、お品から離れなかった。ほんの少し、上体を持ち上げただけである。白刃が、左横に走った。

勘吉は、地上へ横転した。まともに、胴を払われたのだった。声も立てず、また地上に転がったまま勘吉は身動きもしなかった。予想以上の凄腕である。桜井小平太は、勘吉のほうを見ようともしない。大刀は鞘に戻さずに、抜き身のまま右側へ投げ出した。あっと言う間の動作であった。その瞬間だけ、お品の声が途絶えた。

「何でもない。何者かが、後ろに近づいて来ただけだ」

桜井小平太の声が、低くそう言った。

「え！　それでは……」

お品が、かすれた声を出した。抜き身の刀に気がついたのだろう。

「心配するな。峰打ちだ」

桜井小平太は、中断された行為を続けることに戻った。たちまちお品の甘美なすすり泣きが、再開されて高まった。桜井小平太の両肩に、お品の白い手がかかった。母屋のほうから、賑やかな笑いや嬌声が聞えて来た。伊三郎は、女の荒い息遣いとすすり泣きに背を向けた。その場をそっと離れて、伊三郎は井戸端まで忍び足で歩いた。

桜井小平太の不意を衝くということも、どうやら不可能のようであった。女と睦み合っている最中でも、桜井小平太の防禦意識は別個の本能として目覚めている。動物的なカンであった。つまり、隙がないのである。やはり、正面から相対するほかはない。しかし、対等に立ち向かって勝てることは、絶対にあり得ないのだ。伊三郎は、何も見えない闇を凝視した。

翌日、伊三郎はお品と、裏庭で顔を合わせた。お品はいつもと変わらない挨拶をした。昨夜の狂態を見られているとは、夢にも思っていないからだろう。しかし、伊三郎を正視することは、一度もなかった。何となく、目をそむけている。そのくせ、妙に明るかった。鬱積していたものを洗い落した女の、晴れ晴れしさと色気が感じられた。

「勘吉さんが、怪我をされたそうでござんすね」

大して関心はないといった顔で、伊三郎はお品に声をかけた。

「ええ。転んで、脇腹を強く打ったんだそうですよ」

お品は一瞬狼狽して、眩しそうな目になった。実は手籠めにされたわけではないと、勘吉を説得したのに違いない。勘吉も、お品のためを思ってやったことなのである。そうとわかれば、一切を秘密にする気にもなるだろう。お品は最初のうちは、桜井小平太を拒み通すつもりでいた。しかし、男の実際行動に、お品の身体のほうが言うことを聞かなくなったのだ。

一度そうなると、男と女の立場は逆になる。いまのお品はもう、桜井小平太を忘れられない女になっている。それが女の業《ごう》というものなのだろうが、いずれにせよ伊三郎の知ったことではなかった。ただ気になることが、一つだけあった。情を通じた女は、その男に対して何もかも打ち明けるし、余計な告げ口までするということだった。

お品はついに、桜井小平太と斬り合ったりするなと、制止の言葉を口にしなかった。お品にはもうそんな心遣いは必要がなくなった、という証拠である。どうでも、いいことなのだ。斬り合えば死ぬのは伊三郎のほうで、桜井小平太は間違いなく無事であった。それなら、それでよかった。お品は桜井小平太の側に、立っている女だった。

そうなると、お品が桜井小平太に、伊三郎のことを喋ったという可能性も強くなる。伊三郎が文吉と桜井小平太を斬るつもりで、その機会を狙っている。女の口からそう聞かされれば、桜井小平太の自信と誇りが知らん顔をしていられなく、桜井小平太のほうから、挑戦して来るに違いない。伊三郎は、そのように読んだのである。

その予想は的中した。翌朝、松井田の友助の身内の者が、伊三郎に宛てた長坂の文吉からの果し状を届けに来た。

5

日時は、十二月二日の申《さる》の刻、午後四時であった。場所は、鬼首峠の中腹にある大尽《だいじん》屋敷跡、ということになっている。互いに一家の身内以外には助勢を頼まない、という条件がついていた。この条件というのが、狡猾な罠であった。果し合いの名儀人は、鳴神の伊三郎と長坂の文吉である。

それで互いに、助っ人は頼まないという形をとっているのだ。だが、そこに一家の身内以外にはと、但し書があった。鳴神の伊三郎はもともと、ひとり旅の流れ渡世人で、一家も身内もなかった。しかし、長坂の文吉には、身内がいるのだった。二人の子分と、桜井小平太もそれに含まれる。結局、四対一でやろうという果し状なのであった。

「えれえことになったぜ」

安中の五郎七は、伊三郎を前に頭をかかえ込んだ。十人ほどの身内衆も、すでに伊三郎の通夜を迎えたというように悄然となっていた。

「喧嘩状を突っ返す、というわけにもいくめえしな」

五郎七は立ち上がって、部屋の中を歩き回った。伊三郎は半眼に開いた目を、宙の一点に据えたまま動かなかった。果し状を無視したり、果し合いに応じなかったりすることは許されない。その気がなければ、無条件降伏である。相手に頭を下げて、いかなる注文にも従わなければならない。それにこの争いは伊三郎のほうから仕掛けたと、誰もが知っていることだった。

「この喧嘩状じゃあ、おれたちにも手が出せねえ」

まだ四十前の貸元で上り坂にあるだけに、五郎七は闘志に溢れていた。安中の五郎七と松井田の友助が、それぞれ両方に加勢する。そうなれば、松井田の友助を潰すチャンスでもあるわけだった。

「かと言って、伊三郎をみすみす死なせることもできねえ」

五郎七は膝を突き合わすようにして、伊三郎の前にすわった。

「いってえどうするつもりなのか、伊三郎さんの考えを聞かせてもれえてえな」

「あっしはこの喧嘩状通りに、片を付けるつもりでござんす」

伊三郎は、いつもと同じ口調で言った。力むこともなく、むしろ頼りないくらいの低い声であった。五郎七の身内衆が、呆れたというように顔を上げた。

「これと言った策でも、ありなさるのかい」

伊三郎は、深く頷いた。

「何もござんせん」

「わかったよ、伊三郎さん、おめえさん、桜井小平太に斬られて死ぬつもりだな」

「そう覚悟を決めたわけではござんせん。生きていて当たりめえ、死んでもまた当たりめえ。あっしみてえな渡世人は、そんなものだと思っているだけでござんす」

伊三郎は遠くを見るような目でそう言った。口を開く者はなく、湿った静寂が流れた。

鬼首峠というのは、妙義山の南にある峠だった。松井田のすぐ手前から、南へ下る道がある。この道は八城、菅原を通り鬼首峠を越えて、下仁田街道が初島谷を経て信州へ抜けるその途中の中小坂の宿へ出るのであった。この鬼首峠の中腹に平坦なところがあり、そこに広い屋敷の跡が見られる。

あるお大尽がここに隠居所を建てたが、原因不明の火事で焼失したという言い伝えがあった。そのせいか、そこの一帯は大尽屋敷跡と呼ばれていた。いまでも、大きな白壁の土蔵だけが残っていた。伊三郎は五郎七から、そのように聞かされた。しかし、そんなことを知ったからと言って、どうなるものでもなかった。その日まで、余すところ四日であった。

伊三郎は、裏庭へ出た。いつものように、井戸端の屋根を支えている柱によりかかった。西のほうに、妙義山が見えている。眺めていると、その山相が招いているような気がして来た。それは、死の予感なのかもしれなかった。伊三郎は、逆の方向へ目を転じた。こつん、こつんという音が、繰り返し聞えていることに気づいたのであった。

でんである。でんが「べにや」の裏庭で、薪小屋の壁に小石を投げつけているのだった。遊び相手がいないらしく、でんはそうした単調な動作をいつまでも続けていた。小石は薪小屋の壁の最も高いところにぶつかって、はね返って来る。それは恰度、でんの足許に転がって来た。その小石をまた拾って、同じように投げつける。二つだけの小石で、でんは遊んでいるのだった。

それを伊三郎は、何気なく見守っていた。頭の中には、別のことがあった。最初から文吉が相手になるはずはないと、そんなことを考えていたのである。初めからやはり、桜井小平太が出て来るだろう。文吉は一切を、桜井小平太に任せるつもりなのだ。だから、あの浪人者さえ斃《たお》せばよかった。文吉や二人の子分は、どうにでもなる。

桜井小平太を斃す。一度に、そうできなくてもいい。まず、手負いにさせるのだ。しかし、相手の大刀が届く範囲には、はいり込めない。そうなると、どこに傷を負わせることができるだろうか。背中を除いては、どこも不可能だった。その背中も、桜井小平太が見せるはずはない。もちろん背後へ回る余裕など、与えるとは考えられなかった。とすると、背中も駄目である。付け込む隙は、どこにもないのであった。飛び道具を使うほかに、方法はない。その飛び道具も、尋常なものでは払い落されてしまう。また払い落されないまでに上達するには、数日間の修練ではとても無理だった。そうした頭の中での計算に、ふとでんの姿が結びついた。それは、まったく偶然の思いつきだった。伊三郎の目に、冷たい光が宿った。

その場から、伊三郎は姿を消した。帰って来たのは、暮れ六ツすぎであった。翌朝は手甲脚絆の旅支度で、暗いうちから出て行った。五郎七の身内衆は、逃げたのではないかと囁き合った。だが、暮れ六ツすぎになると、伊三郎は帰って来た。右手の掌が、赤く腫れ上がっていた。その翌日もまた、伊三郎は旅支度で暗いうちに姿を消した。

帰って来たのはやはり暮れ六ツすぎで、今度は右手の掌の擦過傷から血が滲み出ていた。その次の日も、更にその翌日も同じであった。朝暗いうちに姿を消し、暮れ六ツすぎに帰って来る。どこへ行って何をしているのか、誰にもわからなかった。身内衆は五郎七から、そのことを誰にも洩らしてはならないと口止めされていた。

五郎七だけは、どこへ行くのか伊三郎から聞かされていた。伊三郎が明るいうちを過して来るのは、鬼首峠の大尽屋敷跡だったのである。しかし、行く先は知っていても、その目的が何かは五郎七にもまったく見当がついていなかった。あと伊三郎から頼まれて応じたのは、使いものにならないほど錆びついた無反りの長脇差を用立ててやったことだけであった。

師走のその日が来た。朝から、悲鳴を上げて空っ風が吹きまくっていた。だが、日射しは明るかった。吸い込まれてしまいそうに、青くて高い空だった。安中の五郎七一家は、暗い雰囲気に沈んでいた。伊三郎にどんな秘策があろうと、三日や四日でどうこうできるはずはなかった。五郎七も伊三郎のことは、すでに諦めていた。

しかし、当の鳴神の伊三郎は、いつもと少しも変わらなかった。相変わらず何を考えているのかわからないような、表情のない顔であった。誰もがそれを、死ぬ覚悟ができているからだと解釈していた。事実、その通りだった。伊三郎には、桜井小平太に勝てる自信などまったくなかった。あるとすれば、それは一種の執念であった。

いつの間にか、目的は二の次になっていた。勝敗はともかく、意地でも桜井小平太を甦したいという気持のほうが強かった。そのために、この四日間やるだけのことはやった。生死は、度外視していた。死にたいとは思わないが、どうしても生きたいという気持もない。いつ死ぬかわからないし、生きていく上にこれという望みもない。すでに十年も前から、そうした心境にある。

いまも、そうであった。このときになって急に、生きるとか死ぬとかを強く意識することもないのだ。それで普段と、特に変わらないだけだった。

昼前になって「べにや」のお品が、五郎七のところへ挨拶に来た。お品は粋な着物姿で、大きな風呂敷包みを手にしていた。笑顔を見せているが、その態度や目つきに落着きがなかった。

「長い間お世話になりましたが、事情があって母のところへ戻ることになりました。それで、ちょっとご挨拶に……」

お品は、五郎七とその子分たちの前で頭を下げた。

「お品さんのおっかさんは、どこに住んでいなさるんでしたっけね」

五郎七が訊いた。

「新堀村でございます」

「じゃあ、松井田の在じゃねえですか」

「はい」

　お品が「べにや」をやめた理由は、二つ考えられる。一つは松井田在の実家へ帰り、桜井小平太の女になりきることだった。もう一つは伊三郎が斬り殺されたあと、勘吉の口からお品が桜井小平太と通じていたことが洩れたりすれば、五郎七一家の隣にある「べにや」には居辛くなるためである。恐らく、その両方に違いなかった。

「では、これで……」

　と、お品は帰りがけに、伊三郎のほうをチラッと一瞥した。伊三郎の表情は、何の反応も示さなかった。まったく、無関心であった。

6

　すぐ北に、妙義山の峨々たる姿があった。鬼首峠の中腹大尽屋敷跡は、東西に開けている。枯草に被われた平坦の地には、ところどころ屋敷の柱があったと思われる土台石が残っている。中央に大きな土蔵が、ぽつんと建っていた。白壁は灰色に染まり、亀裂を生じて一部が崩れかけている。鳴神の伊三郎は、その前に立っていた。

手甲脚絆をつけ、半太刀拵えの長脇差を腰に落して、左手には手製の竹槍を持っていた。その右側に少し距離を置いて、安中の五郎七と身内衆十人が並んでいる。それと対峙して左側に、松井田の友助とその身内が同じく十人顔を揃えていた。いずれも喧嘩支度ではなく、着流しで長脇差も所持していなかった。松井田の友助の脇に、これは喧嘩支度の長坂の文吉と二人の子分がいた。

遠く離れたところにも、数人の人影があった。噂を聞いた松井田宿の者や通りがかりの農夫で、単なる見物人である。その中に「べにや」の板前勘吉と、勘吉に連れられていでんの姿もあった。そこから更に離れて、女がひとり佇んでいた。松井田在の実家から、改めて出かけて来たお品だった。

桜井小平太は、土蔵の近くの土台石に腰をおろしていた。凄味のある美男子で、病人のような青白い顔をしている。いかにも冷酷そうな目をしていて、その雰囲気に陰惨なものが感じられた。桜井小平太は、東のほうを眺めやっていた。近くは松井田宿の一部。それに安中宿から遠くは榛名や赤城の山まで、茫漠と広がった視界がそこにあった。

やがて、桜井小平太が風に吹かれたように、ふわりと立ち上がった。黒い着物の着流しで、懐手をしたままである。両袖が、揺れていた。桜井小平太は、ゆっくりと土蔵へ近づいて行った。それでも、見ている者の間で緊張感はあまり高まらなかった。最初から、結果がわかりきっている勝負だったからである。

松井田の友助の側には、笑っている顔さえあった。逆に安中の五郎七のほうは、半ば目を伏せるようにしている者が多かった。五郎七は、膝の上にかかえていた三度笠と道中合羽を、そっと地面に置いた。その菅笠と合羽は、伊三郎のものだった。しかし、それらは用のない品物になると、わかっているのだ。そう思うと五郎七は、伊三郎の遺品をかかえているようで、せつなくなるのであった。

「場所は、ここでよいのか」

間隔が三メートルほどに縮まったとき、桜井小平太が鳴神の伊三郎にそう声をかけた。伊三郎は、黙って頷いた。とたんに、桜井小平太が身を翻した。伊三郎も反射的に、後ろへ跳んだ。振り向いたとき、桜井小平太は土蔵の壁を背にして立っていた。位置が、逆になったのである。

「愚かな野良犬め」

桜井小平太が、ニヤリと笑った。それは、兵法のいろはの「い」の字も知らないという意味の嘲笑だった。西へ傾き始めた太陽が、土蔵の屋根スレスレにあった。刀を抜き合う場合、必らず太陽を背中に背負う。それが、兵法としての鉄則だった。相手の目に、日射しを入れるためである。

桜井小平太も、当然その鉄則に従ったのであった。相手が武士でもなく絶対に負けないという自信があっても、西日の状態を見れば習慣的にその鉄則を守ってしまう。その結果として桜井小平太は土蔵の壁を背にして立ち、伊三郎は日射しを顔に浴びることになったのだった。だが、それは伊三郎の計算のうちに、はいっていることだったのである。

そのために、土蔵の前に桜井小平太を誘ったのであった。当然、位置を逆転させて、桜井小平太は土蔵の壁を背にして立つことだろう。それも、あまり土蔵の近くには、立たないはずだった。壁にくっつきすぎると、動きが不自由になる。壁との間隔を一間、約一メートル八十センチぐらいは置くに違いない。伊三郎はそう読んで、その通りになったのである。

桜井小平太は、袖から両腕を出した。右手を、大刀の柄にかけた。素早く抜刀した。

そうしてからニヤッとして、左腕だけをまた懐にしまった。片手下段である。左腕は使わない。それで十分だと伊三郎を舐めきっていることが、はっきりと表われていた。伊三郎も、長脇差を抜いた。右手に長脇差、左手に竹槍と奇妙な構えになった。

静まった風が、思い出したように吹いて来る。枯草が騒いだあと、頭上で唸り声を上げた。身体を震わせている者が多かった。ようやく緊迫感が生じた上に、風の冷たさが身にしみるのであった。桜井小平太も伊三郎も、ともに動かなかった。桜井小平太には、自分のほうから斬り込むことはない、という気持があるのに違いなかった。

伊三郎のほうは、動けないのである。踏み込めば、必ず斬られる。いまはただ動かずにいて、桜井小平太がもう半歩下がるのを待つほかはないのだ。この四日間に何千回と繰り返した修練の結果では、あと半歩下がったところに位置しないと失敗する恐れがあった。失敗したら、それを埋め合わせることはできない。次の一瞬は、死であった。

そのときが来た。伊三郎が長脇差を振りかざすと、桜井小平太は来いというように構えた。その拍子に、半歩下がったのである。伊三郎は、長脇差の切先を、下に落した。右手で握っている柄が、逆に上がった。急角度にして、長脇差を肩に担ぐような恰好になった。そのまま、伊三郎は長脇差を投げた。

何千回となく繰り返した通り、長脇差は正確に飛んだ。同時に伊三郎は、竹槍を水平に構えて突き進む姿勢をとった。桜井小平太の注意力を、二分させるためだった。柄を先にして飛んだ無反りの長脇差は一定の角度を保って走り、土蔵の壁の高いところにぶつかった。その部分は、使いものにならない長脇差の柄を投げつけた跡が無数に残っていた。

そこに柄から激突した長脇差は、はね返って落下した。落下するときは、投げつけた際の角度を失ってしまう。はるかに急角度を持って、無反りの長脇差は切先から下へ落ちた。無反りの長脇差は桜井小平太の背中、肩甲骨の上あたりに突き立った。しかし、そのまま動かなくなるほど、深く突き刺さる力はない。顔をしかめた桜井小平太が肩を捩ると、長脇差は地上へ落ちた。

その一瞬に突っ込んだ伊三郎の竹槍が、桜井小平太の腹から背中へ抜けた。桜井小平太はのけぞって、空に向けて絶叫した。それでも、振り回した刀が竹槍を半分のところで切っていた。しかし、切り口が斜めであり、また新たに竹槍を作ったのも同じだった。その短い竹槍で、伊三郎は桜井小平太の喉元を突き刺した。

桜井小平太は、もう声を出すこともできなかった。血の染まったボロ布のようになって、地上に転倒した。苦悶の表情が、やがて弛緩した。伊三郎は長脇差を拾い上げると、長坂の文吉のほうへ走った。二人の子分が、長脇差を抜いたところだった。しかし、すでに逃げ腰であった。まずひとりが伊三郎の白刃を浴びて、顔の左側を削がれた。逃げ出したもうひとりは、伊三郎に背中から突き刺されて地上に俯伏せに倒れた。

「助けてくれ、お願いだ！」

長坂の文吉が、誰にともなくそう叫んだ。だが、松井田の友助一家の者たちはぞろぞろと移動を始めて、文吉から離れて行った。文吉は伊三郎が近づいて来るのを見て、地面にすわり込んだ。四十半ばの男が紙のような顔色になって、全身で震えていた。

「伊三郎さん、この通りだ。どうか、見逃がしてやっておくんなせえ」

長坂の文吉は両手を突くと、泣き出しそうな顔で伊三郎を見上げた。伊三郎は黙って、右手に提げていた長脇差を左手に持ち変えた。左手首で、鈴がコロンと鳴った。その鈴に気づいた文吉が、ふと考え込むような顔になった。それから文吉の口許に、媚びるような笑いが漂い始めた。

「伊三郎さんか……。いや、間違いねえ。ねえ、おめえさんにはお里さんという姉さんがおありだろう」

文吉が、自信ありげに言った。伊三郎は、返事をしなかった。しかし、それが肯定の沈黙であることは、文吉にもわかった。

「やっぱり、そうかい。だったら、おれを斬っちゃあならねえぜ。おれはおめえさんの、義理の兄貴みてえなものだからな」

「おめえと、どんな関わり合いがあるというんだ」

伊三郎が、初めて口を開いた。

「お里がかい？　お里は野州今市で、茶屋女をしていたんだ。それを五年めえに、このおれが年季明けにさせてやって、その後もずっと面倒を見て来たんだ。妾《めかけ》には違いねえが、おれとお里の仲は夫婦も同じなんだぜ。それでもおめえ、このおれを斬るっていうのかい。お里から、よく聞かされたもんだ。伊三郎という弟がいて、どうやら無宿渡世の道に迷い込んだらしい。その伊三郎という弟は、わたしの腰飾りの鈴を一つ持っているってね。お里のその古い腰飾りの鈴っていうのも、見せてもらったぜ。そう、おめえがその手首につけている変わった鈴と、まったく同じものだったよ」

「静かにしな」

伊三郎は、長脇差を振りかぶった。

「ちょっと、待ちねえ。おめえ、お里の居場所を知りたくねえのか。お里はな、おれがあるところに匿《かくま》っているんだ。おれを殺したら、お里の居場所を訊き出せねえぜ」

文吉は慌てて、地面を這いずった。

「渡世人は、親兄弟に縁を持たねえ」

伊三郎は、文吉の右手を踏みつけた。

「そんなこと言ったって、お里はおめえにとってただひとり、同じ血の流れている身内じゃねえか。助けてくれるなら、お里の居場所を教えてやる。いいか、おれを殺したらお里の居場所は……」

「措《お》きやがれ！」

伊三郎は、一喝した。蹴倒された文吉が、立ち上がりながら長脇差に手をかけた。同時に凄まじい叫び声を発して、文吉は血が噴き出す脇腹を押さえた。伊三郎の長脇差が、更に文吉の背を突き刺した。倒れた文吉が動かなくなると、急に人声が聞え始めた。張りつめていたものが、みるみるうちに柔らぎ始めた。

伊三郎は、五郎七のほうへ近づいて行った。そこには、安堵したような顔が幾つもあった。五郎七が幾度も頷きながら、三度笠と道中合羽を差し出した。伊三郎だけが、感情のない顔をしていた。事実、嬉しくも悲しくもなかった。自分のためにやったことではなし、誰に頼まれたわけでもない。目的を果してもともとであり、報いられることは何もないのである。

「あとの始末は、引き受けたぜ」

五郎七が言った。鳴神の伊三郎はすでに、道中合羽を身につけ三度笠の顎ヒモを結び終わっていた。

「何分、よろしくお願い申します。では、お身内衆もお達者で、お過しなすっておくんなさい。いろいろと、ありがとうさんにござんす」

伊三郎は一礼して、大尽屋敷跡に背を向けた。どこへ行くかは、まだ決めてない。鬼首峠を越えて今夜は中小坂泊まり、明日には初谷を抜けて信州へはいることになるだろう。伊三郎は歩き出して、駆け寄って来るでんの姿に気がついた。伊三郎は、左手首の鈴をはずした。その鈴をでんの前を通りすぎながら、ひょいと手渡した。でんが嬉しそうにニンマリと笑った。

もうひとりの女が、離れて立っていた。顔色を失ったお品であった。お品は、何か言いたそうだった。生きているはずのない伊三郎が、こうして生きている。逆に死ぬはずのない桜井小平太が、地上で冷たくなっている。それが信じられないといったお品の顔であった。

「ごめんなすって……」

無表情で伊三郎は、お品の前を通りながら言った。生きていて当たり前、死んでもまた当たり前という渡世人の心境が、お品にわかるはずはなかった。夕日に長い影を連れて、鳴神の伊三郎の孤独な後ろ姿は鬼首峠の上り道を、早くも豆粒ほどに小さくなっていた。

因に、でんは明治の時代になって名を知られる高橋おでんの幼き頃の姿である。

本作品中に差別的ともとられかねない表現が見られますが、著者がすでに故人であることと作品の文学性・芸術性に鑑み、原文のままとしました。

（春陽堂書店編集部）

『見かえり峠の落日』覚え書き

初　出　「小説現代」（講談社）

見かえり峠の落日　「小説現代」昭和45年4月号
中山峠に地獄をみた　「別冊小説現代」昭和45年7月号
地蔵峠の雨に消える　「小説現代」昭和45年9月号
暮坂峠への疾走　「小説現代」昭和45年11月号
鬼首峠に棄てた鈴　「小説現代」昭和46年1月号

初刊本　講談社　昭和45年12月

再刊本　角川書店〈角川文庫〉昭和48年1月
講談社〈講談社文庫コレクション大衆文学館〉平成8年9月

（編集協力・日下三蔵）

春陽文庫

見《み》かえり峠《とうげ》の落日《らくじつ》

2023年5月20日　初版第1刷　発行

著者　笹沢左保

発行者　伊藤良則

発行所　株式会社　春陽堂書店
〒一〇四―〇〇六一
東京都中央区銀座三―一〇―九
KEC銀座ビル
電話〇三（六二六四）〇八五五（代）

印刷・製本　株式会社　加藤文明社

ISBN978-4-394-90446-5　C0193